La Chambre Secrète De L'Opéra De Paris

Roman

Hamon de Quillan

Global East-West LTD

Droits d'auteur © 2025 pour Hamon de Quillan.

Global East-West LTD.

Tous droits réservés.

Aucune partie de cet ouvrage ne peut être reproduite sous quelque forme que ce soit sans l'autorisation écrite de l'éditeur ou de l'auteur, sauf dans les cas autorisés par la loi sur le droit d'auteur.

Table

Autres ouvrages par l'auteur

CHEZ GLOBAL EAST-WEST

Romans:

Le cercle restreint
Le dernier train pour Paris
Le Protocole Méridien
La Courtière de l'ombre

Nouvelles:

Récits parisiens: La fille aux cheveux roux suivi par le mystère de l'homme rouge

Essai biographique:

William Faulkner: Une vie en littérature.

I
La découverte inattendue

Les pas résonnaient dans l'obscurité, martelant le sol poussiéreux de l'Opéra de Paris. Gabriel avançait avec précaution, comme s'il craignait de rompre le silence millénaire qui habitait ces lieux oubliés. Il avait été appelé en hâte pour examiner une découverte insolite, perdue sous les fondations centenaires de l'illustre bâtiment. L'air était lourd de mystères, chargé d'une atmosphère étrange qui nappait chaque recoin d'une aura envoûtante. S'approchant d'un mur ancien, Gabriel sentit son cœur s'emballer. Une fissure à peine visible trahissait l'existence d'une porte dissimulée. Avec précaution, il poussa l'antique battant, révélant un passage qui conduisait vers l'inconnu.

Au moment où il franchit le seuil obscur, ses sens furent assaillis par une force indicible, comme si les pierres elles-mêmes murmuraient des secrets immémoriaux. La torche vacillante qu'il tenait haut éclaira une immense chambre dont les murs étaient marqués de symboles mystérieux, gravés dans la pierre par des mains depuis longtemps disparues. Des plans détaillés jonchaient le sol, dessinant un puzzle complexe que Gabriel était destiné à reconstituer. L'écho lointain de voix antiques semblait retentir dans l'espace, comme pour lui murmurer les réponses aux questions qu'il n'avait même pas encore posées.

L'effervescence de cette découverte extraordinaire emplit son esprit de conjectures et d'hypothèses grandioses, tandis que son âme vibrait à l'unisson des bâtisseurs oubliés. À cet instant, dans un ballet indescriptible entre ombre et lumière, il se sentit lié à ce lieu par une force irrésistible, une connexion ancestrale qui insufflait une nouvelle passion à sa quête de vérité. Toutefois, alors que le mystère capturait son esprit, une menace tapie dans l'ombre de l'Histoire se mit en mouvement, prête à tout pour préserver le secret enfoui dans les entrailles du temps.

La nuit s'étendait comme un voile sombre sur les pavés de la ville endormie, enveloppant l'Opéra de Paris dans un manteau de mystère. Les étoiles scintillaient d'une lumière discrète, ourlant le ciel de leur lueur argentée, tandis que la lune, telle une sentinelle céleste, veillait silencieusement.

Dans l'obscurité feutrée, Gabriel se tenait debout devant l'imposante façade du théâtre, éprouvant un étrange sentiment d'appel irrésistible, venu des entrailles de la terre. Un murmure indistinct, presque imperceptible, résonnait en lui, comme une invocation venue d'un temps révolu. S'approchant des portes closes de l'Opéra, il sentit une tension électrique parcourir son être, vibrant comme une corde tendue à l'extrême. Une vague de frissons glacés traversa sa peau, mais au lieu de reculer, il chassa ses craintes et pressa fermement la poignée, ouvrant ainsi le chemin vers l'inconnu.

Pénétrant dans l'enceinte majestueuse du bâtiment, il fut saisi par une vision fantomatique. Les ombres dansaient parmi les colonnes, éclairées sporadiquement par les rares lueurs filtrant à travers les verrières. Les murmures de l'Histoire semblaient émaner des murs ancestraux, murmurant d'anciens secrets perdus dans les méandres du temps.

Parcourant les couloirs déserts, guidé par une force qu'il ne pouvait définir, Gabriel trouva son chemin jusqu'à un escalier en colimaçon descendant dans les abysses de l'édifice centenaire. Un souffle froid caressa son visage, ajoutant une touche de mystère à cette descente inattendue. Arrivé en bas, il se retrouva face à une porte massive, ornée de symboles mystérieux gravés dans la pierre, témoins d'une époque oubliée. Il n'hésita pas, repoussant le lourd battant avec détermination.

Ce qui se présenta à lui le plongea dans un état de stupeur. Une chambre secrète s'ouvrait devant lui, ses parois tapissées de parchemins jaunis, de vieux livres poussiéreux et de reliques oubliées. Au centre, trônant tel un trésor caché, gisait une table recouverte de motifs énigmatiques, méticuleusement tracés, semblant murmurer des légendes oubliées.

En approchant lentement, Gabriel ressentit une sensation incroyable, comme si le temps lui-même se trouvait suspendu dans cet antre perdu. Il décida d'explorer ces artefacts énigmatiques, conscient que chaque indice pouvait le rapprocher de la vérité. Ses doigts effleurèrent les symboles gravés, tentant de déchiffrer le langage oublié de cette époque lointaine.

Soudain, un éclat fugace illumina une portion des écrits anciens, révélant une signification insoupçonnée. Des plans s'entremêlaient aux symboles, formant une toile complexe d'une ingénierie dont il ignorait tout.

La révélation frappa tel un éclair dans son esprit, éveillant en lui un torrent d'émotions mêlées
: fascination, inquiétude, mais surtout une formidable soif de savoir, le propulsant toujours plus
loin dans cette quête imprégnée de mystère.

La nuit s'étendait sur la ville endormie, étouf-
fant les bruits du monde sous son manteau d'obscurité. Dans cette immensité silencieuse, Gabriel
Moreau sentait l'appel de la chambre secrète co-
habiter avec les échos d'un passé lointain. Ses pas
résonnaient dans les couloirs déserts de l'Opéra,
tandis que sa lampe électrique balayait les ombres, dévoilant un ballet macabre de formes
familières et pourtant inconnues. Les murs semblaient murmurer des secrets anciens, des souvenirs enfouis, comme autant de fragments d'une
histoire oubliée. Pourtant, chaque pierre, chaque
fissure, chaque symbole gravé portait en lui la
promesse d'une révélation imminente.

Soudain, un frisson glacé parcourut l'échine de
Gabriel. Une présence invisible flottait dans l'air
épais, le nimbant d'une aura oppressante. Était-ce
là le premier avertissement de forces obscures,

résolues à dissuader tout curieux de poursuivre cette quête obsessionnelle ? La tension montait, palpitante, alors que Gabriel sentait tous ses sens en alerte. Les symboles gravés prenaient progressivement forme et sens, telles les notes disjointes d'une partition musicale à déchiffrer, laissant entrevoir des harmonies insoupçonnées.

Au même instant, dans une autre époque, Aurélien et Éléonore Desmoulins cheminaient, eux aussi, sur la voie sinueuse du destin, rejoignant clandestinement un cercle de libre-penseurs. Leurs pas résonnaient dans les ruelles étroites de Paris, au creux desquelles palpitait un souffle de rébellion et de révolution. Ils ignoraient encore que leur histoire se tisserait en écho avec celle de Gabriel, entrelaçant les fils du temps pour mieux embrasser des destins qui se répondent, des passions qui s'entremêlent.

Face à la chambre secrète, Gabriel ressentit le poids de l'héritage familial, cette connexion ineffable qui le liait à cet univers mystérieux. Les ténèbres elles-mêmes semblaient lui chuchoter des vérités indicibles, des révélations cachées dans l'épaisseur des siècles. Son cœur battait au rythme syncopé d'une découverte imminente, tandis que les ombres se mouvaient, dansantes, entre réalité et illusion. Sous l'impulsion de cette force irrésistible, il plongea dans les méandres de l'inconnu, prêt à affronter les abîmes de la connaissance interdite, à défier l'obscurité pour accéder à la lumière.

La découverte de Gabriel était une symphonie énigmatique, mêlant les ténèbres du passé aux éclats de lumière du présent. Les plans trouvés dans la chambre secrète semblaient être les partitions d'un opéra oublié, révélant des mystères anciens orchestrés par des forces insaisissables. Chaque symbole gravé sur les murs semblait produire une note discordante dans l'esprit de Gabriel, le plongeant plus profondément dans un ballet impressionnant de vérités enfouies.

Alors que les ombres de l'histoire dansaient autour de lui, les légendes du passé semblaient résonner en écho avec ses propres découvertes. Aurélien et Éléonore Desmoulins, incarnations d'une époque tumultueuse, prenaient progressivement vie devant ses yeux ébahis. Leurs histoires tissées dans le tissu du temps semblaient trouver un écho dans les événements actuels, reliant Gabriel à un héritage qu'il n'aurait jamais cru possible.

Dans cette danse entre l'obscurité et la lumière, Gabriel ressentit l'étreinte étouffante de secrets millénaires qui semblaient peser sur ses épaules. Les murailles séculaires de la chambre semblaient prêtes à murmurer leurs révélations, mais elles retenaient encore leur souffle, prolongeant le suspense haletant qui tourmentait Gabriel. Les images et les souvenirs du cercle des libre-penseurs vinrent hanter les pensées de Gabriel, évoquant des récits de bravoure et de persévérance au cœur de l'adversité. Il comprit alors que ces réminiscences révélaient un message profondément enfoui, comme les thèmes vibrants d'une symphonie longtemps oubliée, cherchant à captiver une audience attentive.

Tandis que la lumière tamisée de la lampe oscillait dans la pièce, Gabriel se laissa emporter par la composition grandiose qui se déployait sous ses yeux. Chaque découverte était une nouvelle mesure, chaque indice une nouvelle note, créant une mélodie envoûtante qui suscitait à la fois l'émerveillement et l'inquiétude.

À travers les voiles du temps, Gabriel entreprit de déchiffrer les motifs cachés derrière chaque composition. Son esprit s'éleva dans une symphonie vertigineuse, où les confrontations du passé semblaient se heurter aux aspirations du présent dans une chorégraphie complexe et captivante. C'est dans cet équilibre fragile entre l'ombre et la lumière que se dessinait l'essence même de son enquête, comme les variations subtiles d'une partition musicale appelant à être interprétée pour révéler son sens ultime.

Dans les méandres de l'Histoire, il est des légendes qui résonnent, tels des échos venus du passé, murmurant des vérités enfouies et des mystères indicibles. C'est en ces instants empreints de solennité que Gabriel Moreau perçoit l'éclat fugace de ces légendes qui s'entrelacent avec la trame de son existence. Les vibrations de l'Opéra de Paris, témoins silencieux des siècles écoulés, semblent guider ses pas vers un monde souterrain, une chambre cachée dont les murs murmurent des récits oubliés.

Tandis qu'il pénètre toujours plus loin dans ce dédale fascinant, Gabriel ressent l'emprise grandissante de la légende, telle une symphonie d'ombres et de lumières prenant vie sous ses yeux. Des fresques séculaires ornent les parois, dévoilant des scènes énigmatiques et des arcanes mystérieuses, baignées par la pénombre ancestrale. Chaque trait, chaque symbole semble conter une histoire immémoriale, éveillant en lui un sentiment de fascination mêlé d'une crainte respectueuse.

À mesure que ses pas le conduisent plus avant dans cet univers oublié, Gabriel se sent transporté dans une danse hors du temps, où les destins se croisent et s'entremêlent, reliant son présent à un passé tour à tour majestueux et sombre. Les échos des légendes anciennes semblent résonner en lui, éveillant sa curiosité autant que son inquiétude, car derrière les voiles de mystère se tapissent des vérités dont la révélation pourrait bouleverser l'équilibre fragile de son existence.

Comme un archéologue des siècles perdus, Gabriel s'imprègne des récits gravés dans la pierre, dans les mots et les représentations artistiques, cherchant à comprendre les multiples facettes de cette légende en écho. À travers ses recherches, il s'aperçoit que la clé de ces énigmes anciennes réside peut-être dans une harmonie insoupçonnée entre le passé et le présent, entre l'histoire des Desmoulins et ses propres découvertes. Chaque écho ramené du passé résonne comme une pièce manquante du puzzle, ouvrant la voie vers une compréhension plus profonde de cet héritage séculaire.

Ainsi plongé au cœur de cette myriade de légendes en écho, Gabriel ressent une impérieuse nécessité de percer le voile du secret, de déchiffrer les messages mystérieux et de donner une voix aux figures oubliées de l'Histoire. Pourtant, il pressent que la route vers la vérité sera semée d'embûches, et que les échos du passé réclameront un tribut exigeant pour révéler leurs secrets millénaires.

Il était une fois, une chambre secrète nimbée de mystères, dissimulée sous le prestigieux Opéra de Paris. Les parois de cet antre millénaire accueillaient une symphonie envoûtante, gravée dans chaque pierre et chaque recoin de l'espace-temps. C'est là, dans cette forteresse oubliée, que la frontière entre les époques s'estompe, laissant place à une rencontre singulière. Gabriel, immergé dans un ballet d'ombres et de lumières, était saisi par une fascination indicible. Les plans et les symboles gravés sur les murs semblaient murmurer des secrets anciens, réveillant en lui une curiosité indomptable. Tel un archéologue du temps, il décryptait les vestiges enfouis, déchiffrant les énigmes du passé qui transcendaient les limites de l'Opéra. Pendant ce temps, telle une toile de maître qui s'anime, le passé (1865) se déployait avec une intensité troublante. Aurélien et Éléonore Desmoulins, héritiers d'une lignée ensorcelée, franchissaient le seuil d'un cercle de libre-penseurs. Leurs aspirations rebelles faisaient écho à travers les âges, entrelaçant leurs destins à celui de Gabriel dans une danse cosmique où les éclats du destin s'entremêlaient. Dans cette chambre marquée par l'éternité, une première menace insidieuse émergeait, tissant un voile d'intimidation digne des tragédies grecques. Les gardiens invisibles de l'histoire semblaient veiller sur ce précieux héritage, exacerbant le défi audacieux qui se matérialisait pour Gabriel, désormais fervent acteur d'une sombre pièce dont il ignorait encore le rôle qu'il allait y interpréter. Ainsi, dans cette valse temporelle, les parfums enivrants du passé venaient chatouiller les sens de l'historien, révélant des secrets enfouis et invitant son esprit intrépide à plonger au cœur de cet océan mystique. La chambre cachée sous l'histoire ouvrait grand ses portes, laissant entrer une aura envoûtante qui capturait les âmes errantes à travers le temps, et annonçait le début d'une quête énigmatique aux confins de l'univers connu.

L'Opéra de Paris, théâtre majestueux chargé d'histoire, recelait en son sein bien des mystères insoupçonnés. Gabriel se tenait au seuil de cette chambre secrète, les indices et symboles gravés l'éclairant dans l'obscurité du passé. Les plans dévoilaient une ingéniosité hors du commun, témoignant d'une époque révolue où les architectes rivalisaient de talent pour dissimuler leurs créations à jamais. Étudiant chaque détail avec passion, Gabriel sentit l'appel de ce lieu qui hurlait silencieusement à travers le temps. Parallèlement, en 1865, le jeune Aurélien Desmoulins faisait ses premiers pas au sein d'un cercle de libre-penseurs. À travers les pages jaunies d'un journal intime, se dessinait le parcours de ce personnage empreint de courage et de rébellion. Accompagné de sa sœur Éléonore, ils se lançaient dans une quête de savoir et de liberté, bravant les interdits de l'époque avec une audace déconcertante. Leurs destinées semblaient désormais reliées par-delà les générations, tissant un lien invisible entre le passé et le présent. Cependant, cette découverte suscitait également l'inquiétude chez Gabriel. Une menace diffuse planait dans l'air, induisant une sensation d'intimidation sournoise.

Comme si les murs millénaires renfermaient des murmures anciens, révélant les tourments passés d'âmes égarées. Chaque personnage semblait porter le fardeau de ces échos oubliés, comme un poids invisible dictant les contours de leur destinée. Ainsi, dans un tourbillon temporel, les destinées s'entremêlaient, dévoilant la complexité de l'existence humaine. Les ombres du passé semblaient s'étendre jusqu'aux confins du présent, connectant les êtres par-delà les siècles. Dans cette danse éternelle, où le passé et le présent se rejoignaient dans une valse envoûtante, Gabriel pressentait que cette quête le conduirait bien au-delà des simples frontières temporelles, révélant des vérités enfouies que nul ne pouvait prédire. Ainsi, au cœur de cette découverte inattendue, se jouait le destin de chacun, entraînant les âmes égarées à travers le temps dans une symphonie intemporelle où le passé et le présent ne formaient plus qu'un seul et même royaume, régenté par des forces mystérieuses et des secrets enfouis.

Les frissons palpitants de l'excitation s'insinuaient dans les veines de Gabriel tel un doux poison, stimulant son esprit avide de vérité. Dans la vastitude intemporelle de la chambre secrète, il observait attentivement chaque symbole gravé, chaque plan soigneusement dessiné, sentant que ces vestiges du passé murmuraient des secrets insondables, prêts à délier les fils du mystère qui enserrait son âme passionnée. Les oscillations du temps semblaient fusionner alors que les échos du passé résonnaient en harmonie avec le présent. Les destins entrelacés d'Aurélien et Éléonore, comme des étoiles lointaines dans le firmament de l'histoire, semblaient converger vers une destinée partagée. Leur appartenance à ce cercle clandestin de libre-penseurs, empreinte de courage et d'idéalisme, vibrait en consonance avec la quête ardente de Gabriel pour percer les ombres du passé.

Pourtant, cette alliance transcendante entre les époques était voilée par la menace insidieuse qui planait, telle une brume furtive, sur les pérégrinations de Gabriel. Les murmures inquiétants des gardiens invisibles du savoir ancestral semblaient osciller entre la bienveillance ardente et l'effroi glacial, imprégnant l'atmosphère de la chambre de leur présence insaisissable. Chaque signe, chaque indice, pulsait d'une énergie ancestrale, défiant le continuum du temps pour se révéler à celui dont l'esprit était assoiffé de vérité.

Au coeur de cette juxtaposition énigmatique, Gabriel ressentait une vibration profonde, celle de l'héritage légué par ses ancêtres lointains, un legs imprégné de narrations interrompues et de passions inachevées. Ces réminiscences audacieuses, surgies des strates oubliées de l'histoire, exhalaient un parfum envoûtant de bravoure et d'espérance, incitant Gabriel à poursuivre sa quête avec une résolution renforcée. Tandis que le crépuscule enveloppait la ville de ses teintes ambrées, Gabriel demeurait absorbé par les songes évocateurs façonnés par les tréfonds du passé. L'essence inaltérable des premiers émois d'un mystère ancien infusait ses pensées d'une ferveur éclairée, lui insufflant la force de défier les voiles d'ombre pour dévoiler la lumière enfouie sous l'étreinte du temps.

Les premiers rayons de l'aube s'immiscent dans la pièce secrète, éclairant les symboles gravés sur les murs centenaires. Gabriel Moreau reste perplexe devant les indices mystérieux qui se dévoilent peu à peu. Alors que ses doigts effleurent les inscriptions, il ressent un frisson lancinant parcourir son échine, comme si les pierres renfermaient des secrets millénaires prêts à se révéler. La poussière dansante, impalpable murmure des histoires oubliées, des destins entrelacés dans cette enclave oubliée du temps. L'atmosphère souterraine éveille en lui un élan de curiosité sans bornes et fait naître une intensité vibrante, semblable à celle des grands romanciers perdus au cœur de leur propre intrigue.

Pendant ce temps, dans le récit entrelacé du destin, le passé (1865) se ravive avec la rencontre d'Aurélien et Éléonore Desmoulins, tourbillonnant dans les cercles de pensées avant-gardistes. Leurs aspirations, leurs espoirs enflammés pour un monde meilleur confèrent un parfum de rébellion, d'idéalisme audacieux qui transcende les époques. Une lueur éthérée semble unir ces deux temporalités distinctes, tissant des liens invisibles entre les générations. Les murmures du passé résonnent en harmonie avec l'éveil des découvertes de Gabriel, comme si chaque pas qu'il fait dans ce sanctuaire oublié crée des échos à travers les siècles. Tandis que la claustrophobie des souterrains s'efface, une tension palpable émane de cette rencontre intemporelle entre deux mondes. Un grondement subtil de menaces anciennes vient troubler l'air calme, annonçant l'ombre guettant dans les méandres de l'histoire. C'est dans cette atmosphère imprégnée de mystères que se dessinent les prémisses d'une aventure intemporelle, où les coïncidences éclairent la voie vers des révélations inattendues.

Les pages jaunies du grimoire ancien exhalaient un parfum de mystère et de secrets enfouis depuis des siècles. C'était là, dans cette pièce oubliée du monde, sous les entrailles de l'Opéra de Paris, que Gabriel Moreau faisait face à un énigmatique assemblage de parchemins et de codes énigmatiques. Les ombres de l'histoire semblaient le guider vers des révélations cachées dans les méandres de la nuit. Alors que ses doigts parcouraient les symboles gravés, une sensation d'urgence s'insinuait en lui, comme si les murs millénaires murmuraient un avertissement silencieux. Dans un tourbillon mental, les visages d'Aurélien et Éléonore Desmoulins, figés dans une photographie antique, se matérialisèrent devant ses yeux, témoins intemporels d'un passé dont les échos semblaient se répercuter jusqu'à lui. L'obscurité environnante semblait porter les murmures des libre-penseurs de jadis, tandis que des formes indistinctes semblaient prendre vie dans l'éclat ténébreux de la chambre sépulcrale.

Les Guardiani Invisibili, les légendaires gardiens invisibles des secrets perdus, semblaient veiller sur ces archives souterraines, témoins immobiles des événements oubliés. Des frissons agitaient l'échine de Gabriel alors qu'un souffle froid effleurait sa nuque, insaisissable comme les fantômes du passé qui semblaient se réveiller autour de lui. Une force invisible semblait retracer les lignes imprimées sur les vieux parchemins, révélant par touches subtiles une toile complexe tissée par les mains oubliées. Les pensées de Gabriel vacillaient entre fascination et appréhension, tandis que l'incessant battement de son cœur imposait un rythme haletant à sa quête de vérité.

Soudain, un grondement sourd enveloppa la pièce, vibrant comme une malédiction ancestrale venue perturber le présent. Gabriel se sentit submergé par une vague de présences invisibles, comme une audience de spectres et de gardiens obscurs surgissant des ténèbres pour protéger les secrets inestimables dévoilés par ses recherches.

Les mots murmurés d'une vieille prophétie embrasaient son esprit, instillant un sentiment d'urgence désespérée :

« Écoute l'avertissement, chercheur de savoir, car les gardiens invisibles pourraient se retourner contre toi si tu dévoiles leurs mystères. »

Tiraillé entre l'attraction magnétique des archives anciennes et la crainte grandissante de déchaîner une colère immuable, Gabriel ressentit l'irrépressible désir de percer le voile du temps pour honorer la mémoire de ceux dont les actions résonnaient dans le silence scellé des cryptes. Il savait que la route vers la vérité était semée d'embûches redoutables, mais il ne pouvait détourner les yeux de la quête exaltante qui s'ouvrait devant lui, ignorant des conséquences à venir dans l'obscurité impénétrable.

2
Les premières pièces du puzzle

La pénombre régnait dans la salle de lecture. Gabriel et le Dr. Fournier avaient trié un à un les vieux manuscrits, observant avec un mélange d'excitation et de crainte le contenu mystérieux de chaque lettre tracée jadis. Mais, c'est dans une enveloppe scellée, dissimulée entre deux volumes poussiéreux, qu'ils firent la découverte la plus intrigante : des parchemins jaunis, des textes anciens aux symboles énigmatiques, et des pages tachées d'encre séculaire. La sensation pénétrante de toucher l'Histoire les envahit, comme si ces écrits anciens leur murmuraient des secrets depuis des siècles. Chaque mot révélait un pan oublié du passé, chaque ligne tenait un fragment de vérité enfouie. Le temps semblait se dilater, figeant l'instant dans une bulle où se mêlait l'atmosphère feutrée de la bibliothèque à l'effervescence des découvertes. Les voix des ancêtres semblaient résonner, chuchotant des récits que seuls ces manuscrits étaient capables de partager.

Chaque page dévoilait un morceau du puzzle, incitant Gabriel et le Dr. Fournier à poursuivre fiévreusement leurs recherches. Les encriers anciens exhalaient une fragrance désuète, rappelant à ces chercheurs modernes qu'ils étaient les héritiers d'une connaissance ancestrale. La contemplation de ces manuscrits éveillait en eux une curiosité insatiable, un désir ardent de percer les mystères qui les entouraient. Chaque document semblait contenir les clés d'un savoir enfoui, et chaque page tournée les rapprochait un peu plus de la vérité dissimulée. Ils étaient sur le point de dévoiler un secret millénaire, de donner vie à des histoires enfouies, d'éclairer des corridors oubliés de l'Histoire. Dans cette pièce silencieuse et empreinte de solennité, le temps perdait toute prise, laissant place à une aventure intemporelle. Les manuscrits du mystère ouvraient les portes d'un monde oublié, suscitaient en Gabriel et le Dr. Fournier l'impérieux besoin d'explorer les méandres du passé. Ainsi continuaient-ils leur exploration fascinante, au rythme des pages tournées, des mots dévoilés, des secrets révélés.

L'atmosphère dans la pièce était imprégnée de poussière et de mystère. Les rayons craquaient sous le poids des volumes anciens, comme s'ils renfermaient des secrets trop lourds à porter pour des étagères aussi anciennes. Gabriel et le

Dr. Fournier se rapprochèrent prudemment des tablettes de bois sombre, éclairant leur chemin dans l'obscurité avec une lanterne poussiéreuse. Chaque pas semblait réveiller les murmures étouffés du passé, les voix des ancêtres qui réclamaient justice.

La bibliothèque enfouie, dissimulée derrière des murs épais, conservait les vestiges d'une époque troublée, une époque où les mots étaient des armes, où les idées étaient dangereuses. Les tomes oubliés semblaient attendre depuis des siècles, leurs couvertures de cuir patiné témoignant des années écoulées. De vieux parchemins jaunis se mêlaient aux reliures usées, formant un amalgame délicieusement archaïque de connaissances occultes. Des écrits interdits, des théories subversives, des notions révolutionnaires dormaient entre ces pages, attendant que des yeux curieux les redécouvrent et libèrent leur pouvoir. La bibliothèque était un tombeau de savoir, préservant le legs de ceux qui avaient osé défier les conventions de leur époque. Au fur et à mesure qu'ils avançaient, Gabriel remarqua une étagère dont le bois était plus usé que les autres. Un faible glissement révéla l'existence d'un passage secret.

En déplaçant précautionneusement les ouvrages qui le dissimulaient, ils découvrirent l'entrée d'une pièce cachée, une enclave oubliée du monde extérieur. Les cœurs battant la chamade, ils pénétrèrent dans ce sanctuaire oublié, où reposait un trésor de connaissances interdites. Les étagères de cette nouvelle salle étaient chargées de manuscrits anciens, dont certains portaient la marque distincte d'un sceau familial familier à Gabriel.

Parmi ces journaux intimes signés 'A.D.', des traces d'une vie passée, des réflexions intimes offraient un aperçu fascinant sur l'histoire de l'ancêtre de Gabriel. Chaque page tournée révélait un fragment de son héritage, éclairant l'énigme de leur lien transgénérationnel. Plongés dans la lecture de ces écrits, Gabriel et le Dr. Fournier réalisèrent que ces mots gravés témoignaient des luttes et des espoirs d'une époque lointaine. Ils étaient transportés dans un monde où les idées étaient des phares dans l'obscurité, où la plume était une arme souvent plus redoutable qu'une épée. Ces précieux écrits détenaient les clés de leur quête, promettant de lever le voile sur les mystères enfouis depuis des générations.

Le Dr. Fournier, éclairé par la lueur des bougies vacillantes, rassembla avec précaution les journaux intimes signés 'A.D.' dénichés dans la bibliothèque occulte. Ces précieux manuscrits révélaient un trésor d'informations codées, des confidences dissimulées dans des méandres de pensées et de symboles mystérieux. Gabriel observait, avide de percer le voile qui séparait le présent du passé, ses yeux s'attardant sur chaque mot calligraphié avec une justesse captivante. Alors que le silence enveloppait la pièce plongée dans les ombres, les mots d'A.D. semblaient murmurer à Gabriel une histoire en suspens depuis des générations. Un souffle du passé semblait s'élever des pages jaunies, transportant les échos étouffés d'une époque lointaine. Chaque ligne se faisait l'écho du désir ardent de l'auteur anonyme de transmettre un héritage, un message clairvoyant destiné aux générations futures.

Dans un ballet d'émotions tourbillonnantes, Gabriel subissait l'emprise de cette révélation attentive. Cette découverte infiniment précieuse allait bien au-delà des simples confessions personnelles ; elle portait en elle les secrets d'une époque révolue, dont les intrigues et les conspirations allaient certainement illuminer le chemin obscur qu'il empruntait.

Tandis que le Dr. Fournier scrutait les écrits avec une acuité méthodique, Gabriel laissait son esprit vagabonder à travers les méandres des révélations inscrites devant lui. À mesure que les confidences prenaient forme, un sentiment d'intime connexion avec A.D. s'emparait de lui, soulignant l'inexorable convergence entre son propre destin et celui de cet ancêtre mystérieux.

Soudain, une lueur d'évidence aveuglante troua le voile de perplexité qui entourait les récentes découvertes. Tout concordait : les plans cachés, les symboles gravés, les documents disparus. Le fil ténu du temps semblait tisser une toile complexe reliant indubitablement le passé et le présent, éveillant chez Gabriel la certitude que sa destinée était intimement liée à celle d'A.D. La puissance de ces révélations le laissait sans voix. Cependant, une conviction inébranlable l'animait désormais : la vérité enfouie depuis des siècles allait bientôt éclater au grand jour.

Le cercle clandestin, havre de liberté et de rébellion contre l'oppression, appelait Aurélien à accomplir sa première mission. C'était un soir sombre, empreint de mystère, où les ombres dansaient sur les murs anciens de Paris. Le jeune homme ressentait à la fois une appréhension profonde et une excitation bouillonnante en songeant à l'ampleur de sa tâche. Tout autour de lui, les murmures de la ville s'estompaient pour laisser place aux pulsations lancinantes de son propre cœur. Éléonore, sa sœur bien-aimée et protectrice, avait fait preuve d'une inquiétude palpable lorsqu'elle lui avait glissé à l'oreille des avertissements empreints de gravité.

Malgré ses mises en garde, il se sentait investi d'une mission sacrée, une destinée qui le liait intimement à ce cercle ancestral. Le chef du cercle, une figure énigmatique et sage, lui avait confié une affaire des plus délicates. Aurélien devait trouver un moyen subtil de diffuser les écrits secrets du groupe, afin de semer les graines de la révolte intellectuelle. Il portait sur ses épaules le poids d'une mission cruciale, celle qui le placerait au cœur de la lutte pour la liberté de penser et d'exprimer.

La nuit devint son alliée alors qu'il progressait furtivement dans l'épaisse pénombre des ruelles étroites, se faufilant comme une ombre parmi les silhouettes endormies. Chaque recoin de la ville recelait désormais des mystères et des dangers insoupçonnés. Ses pas le menèrent vers un lieu aussi lugubre que majestueux, un sanctuaire caché sous la Ville Lumière.

Pénétrant dans ce lieu souterrain, illuminé par seulement quelques chandelles vacillantes, Aurélien ressentit le frisson émanant de l'Histoire elle-même. Des parchemins anciens dépoussiérés, des textes engagés et interdits, tout un héritage de luttes passées et à venir s'étalait devant lui. Cette mission ne représentait plus seulement une charge, mais la promesse d'une transformation radicale. Les mots pieusement gravés sur ces pages jaunies vibraient comme autant d'éclats de vérité dans l'obscurité ambiante. Aurélien saisit l'ampleur de sa responsabilité face à cette littérature subversive, à ces idées susceptibles de changer le cours des choses. La nuit avançait inexorablement, le plongeant dans un état de veille exaltée et fébrile. L'heure fatidique approchait, et avec elle le moment de faire résonner sa musique subversive dans les méandres de la capitale endormie.

Encouragé par la voix impérissable de tous ceux qui avaient combattu pour la liberté, Aurélien prit sa plume avec une détermination sans faille. Il dessina les premières notes de sa symphonie rebelle, capturant la quintessence de ses espoirs et de ses aspirations, gravant sur le papier le souffle brûlant de son engagement. Chaque trait musical était empreint de résistance, chaque harmonie une déclaration de guerre pacifiste. Alors qu'il acheva son œuvre visionnaire, Aurélien sentit planer une aura indicible, tel le murmure venu des temps à jamais révolus. Sa musique contenait l'esprit même de la liberté, annonçant pour mieux la célébrer une ère nouvelle où la pensée n'aurait plus à craindre l'oppression. Ainsi, le cercle clandestin s'inscrivait dans la grande Histoire, à travers ces accents musicaux qui vibreraient longtemps après leur création, porteurs d'un espoir éternel.

C'était une soirée à l'atmosphère douce et feutrée, où les lueurs des bougies dansaient sur les murs de pierre. Éléonore, vêtue d'une robe de velours sombre, attendait son frère Aurélien dans le petit salon de leur demeure ancestrale. Le crépitement du feu dans la cheminée accompagnait ses pensées, empreintes d'inquiétude.

En cet instant suspendu, une lueur d'appréhension voila son regard azur. Lorsque Aurélien entra dans la pièce, son visage était habité par une détermination qu'elle n'avait encore jamais vu en lui. Il venait de recevoir sa première mission au sein du cercle clandestin. Éléonore savait que cette nuit marquerait un tournant dans leurs vies. Elle se leva, fit quelques pas vers son frère, et saisit ses mains avec tendresse.

« Aurélien, ma vie est entre tes mains ce soir, » murmura-t-elle, l'émotion teintant sa voix. « Promets-moi de te méfier. Ces hommes sont prêts à tout pour protéger leurs secrets. »

Les mots d'Éléonore résonnaient dans l'air comme un avertissement voilé. Elle connaissait trop bien les dangers qui guettaient ceux qui osaient défier l'ordre établi. Les membres du cercle clandestin risquaient leur vie pour des idéaux qui semblaient, à juste titre, menacer les intérêts des puissants. Elle craignait pour son frère, pour sa propre sécurité, mais aussi pour les conséquences imprévisibles que pourraient déclencher les actes d'Aurélien.

Alors qu'ils échangeaient un dernier regard avant le départ d'Aurélien, Éléonore raviva une chandelle éteinte dans un geste silencieux de prière. Des ombres dansaient sur les murs, comme pour mieux représenter les périls qui se profilaient. Elle inspira profondément, essayant de dissiper l'angoisse qui enserrait son cœur. À cet instant, une certitude s'imposa en elle : leur destinée était désormais enclenchée, entraînée dans une spirale irréversible, marquée par le sceau de la clandestinité et de la résistance. Tandis qu'elle regagnait sa chambre, le poids des secrets enfouis semblait peser davantage sur ses épaules délicates. Elle se promit alors, avec la force tranquille des âmes déterminées, de veiller sur son frère, de préserver les fragments fragiles de leur existence. Car, dans l'obscurité de cette nuit étoilée, Éléonore pressentait que le voile qui recouvrait leurs vies ne tarderait pas à se déchirer, révélant la cruauté et la beauté insoupçonnées du monde qui les entourait.

Dans l'obscurité glaciale de la bibliothèque, Gabriel et le Dr. Fournier scrutaient les manuscrits anciens, à la recherche d'indices perdus dans les méandres du temps. Les pages jaunies exhalaient une odeur de passé, mêlée à une poussière qui semblait avoir été témoin des siècles s'écouler.

Parmi ces trésors oubliés, une révélation surgit subitement : des feuillets manquaient, comme arrachés par une main invisible cherchant à dissimuler des vérités enfouies.

Gabriel sentit un frisson lui parcourir l'échine tandis que le Dr. Fournier éclairait d'une lampe à huile un recoin obscur où gisaient autrefois ces précieux écrits. Les mots perdus, les paragraphes effacés semblaient crier leur existence passée, tout en laissant une empreinte indélébile sur le destin de ceux qui les avaient autrefois couchés sur le papier. Il comprit alors que cette dérobade subtile était bien plus qu'un simple vol d'archives : c'était un acte destiné à dissimuler une vérité profondément enfouie, une conspiration orchestrée avec minutie à travers les âges.

Pendant ce temps, dans un autre coin de Paris, le vent soufflait des murmures de secrets anciens jusqu'aux oreilles d'Aurélien Desmoulins. Sa mission au sein du cercle clandestin prenait forme, et il ressentait le poids des enjeux qui reposaient sur ses épaules. Éléonore, sa sœur vigilante, se tenait à ses côtés, l'avertissant des dangers qui parsemaient son chemin. Mais même ses avertissements ne pouvaient éclipser l'éclat mystérieux de l'énigme qui se dessinait devant le jeune homme, l'aspirant dans un tourbillon de complots et de défis.

Pendant des heures interminables, Gabriel se plongea dans ces découvertes troublantes, tentant de reconstituer le puzzle éparpillé par le destin. Il réalisa que ces archivistes du passé avaient prévu, des siècles auparavant, que leurs mots pourraient un jour être hantés par l'ombre menaçante de l'oubli. Et pourtant, une connexion indéniable se révélait dans ces absences peintes sur le parchemin, telle une signature indélébile laissée par le destin.

Au fil des pages tournées, une vérité ancestrale émergea progressivement, faisant écho aux confidences murmurées entre les murs craquelés de l'Opéra. Gabriel sentit une force invisible le lier à cet ancêtre mystérieux, comme si le destin tissait habilement la toile de leurs vies à travers les âges. Les archives dérobées se révélaient être les maillons invisibles reliant les chaînons de l'histoire, offrant un fil d'Ariane dans ce labyrinthe de mystères insoupçonnés.

Alors que Gabriel inspectait les archives dérobées, son regard fut attiré par un vieux parchemin, presque dissimulé sous une pile de documents poussiéreux. Il le déplia soigneusement, révélant des inscriptions énigmatiques et des symboles anciens qui semblaient former une carte cachée. Le Dr. Fournier observa avec attention cette découverte, soulignant son importance potentielle pour percer le mystère qui les entourait. À mesure qu'ils examinaient plus en détail le parchemin, une lueur d'espoir s'alluma dans leurs yeux, car ils pressentaient que ces traces et indices perdus pourraient les conduire sur la piste de la vérité enfouie depuis des siècles.

À cette époque, Aurélien se tenait devant une porte dérobée, nerveux, mais résolu à accomplir sa première mission au sein du cercle clandestin. Éléonore, consciente des dangers qui guettaient son frère, lui prodiguait ses derniers conseils empreints de sollicitude. Embrassant un objet suspendu à sa chaîne, elle murmura des paroles de protection et d'encouragement, espérant que la puissance de l'amulette pourrait le préserver des périls qui le menaceraient.

Pendant ce temps, Gabriel et le Dr. Fournier avançaient dans leur investigation, repensant aux journaux intimes signés 'A.D.'. Ces récits du passé, mêlant passions, intrigues et secrets, semblaient résonner mystérieusement avec les événements actuels, comme si le lien entre les époques demeurait vivant à travers les mots et les actions de leurs ancêtres.

Après de longues heures passées à scruter chaque détail des écrits anciens, une révélation soudaine frappa l'esprit de Gabriel. Les dates, les lieux, les noms évoqués dans les journaux se superposaient curieusement avec les informations tirées des archives dérobées. Une cohérence se dessinait lentement, comme si les énigmes du passé se faisaient écho dans le présent, invitant Gabriel à percer le voile du temps pour révéler les secrets enfouis. C'était une connexion troublante, indicible, qui vibrait au cœur de chacun de leurs gestes, les guidant vers une compréhension plus profonde de la trame complexe tissée à travers les siècles.

Tandis que le soleil couchant teintait le ciel de nuances pourpres, Gabriel réalisa que ces traces et indices perdus étaient bien plus que de simples artefacts historiques. Ils représentaient la clé d'un héritage millénaire, porteur de récits oubliés et de destinées entrelacées, prêts à être dévoilés au monde moderne. L'éclat prometteur de cette découverte éclairait désormais leur route, dissolvant l'obscurité qui avait voilé tant de vérités. Et alors que les ombres s'étiraient dans les recoins de la bibliothèque secrète, une étincelle d'espoir brillait dans le regard de Gabriel, confiant que chaque indice perdu les rapprochait inéluctablement de l'ultime vérité qu'ils s'efforçaient de dévoiler.

Dans l'atmosphère feutrée de la bibliothèque, Gabriel et le Dr. Fournier s'étaient plongés dans l'étude des mystérieux manuscrits. Chaque parchemin dévoilait un pan insoupçonné de l'histoire familiale, tissant un lien imperceptible entre Gabriel et son ancêtre A.D. Les pages jaunies exhalaient une odeur évocatrice, révélant les secrets bien gardés d'une époque révolue. Alors que Gabriel décryptait avec ferveur les signes ésotériques ornant les pages anciennes, une révélation s'imposa à lui : ces écrits dissimulaient les prémices d'un récit longtemps enfoui, dont il était destiné à dénouer les fils. Le Dr. Fournier, lui-même subjugué par l'aura envoûtante de ces découvertes, perçut chez Gabriel un élan insoupçonné, une quête de vérité qui transcendait les limites du temps.

Pendant ce temps, dans une allée sombre de

Paris au XIXe siècle, Aurélien franchissait les premières portes du cercle clandestin. Éléonore, alerte et prévoyante, lui avait transmis ses craintes avec une sollicitude teintée d'inquiétude. Les deux époques semblaient se répondre, comme si le fil de l'Histoire courbait l'espace-temps pour relier ces destins séparés par les siècles.

Des échos lointains parvinrent alors jusqu'à Gabriel, qui comprit que chaque acte de son ancêtre résonnait encore aujourd'hui, dans les soubresauts du présent. Une impression d'urgence l'envahit, le poussant à trouver les clés dissimulées dans ces manuscrits intemporels, afin de démêler les nœuds qui liaient leurs âmes. Le souffle du passé caressait les contours du secret, susurrant à Gabriel des fragments d'une vérité étouffée par l'oubli. Il pressentait que, derrière chaque mot griffonné par A.D., se dessinait l'empreinte indélébile d'un héritage à vif, un héritage dont il était le détenteur inconscient, mais résolu. L'obscurité de la bibliothèque se troubla alors sous l'effet de cette révélation, baignant les deux chercheurs d'une clarté nouvelle. Les voiles temporels se déchiraient, dévoilant des liens subtils tissés entre les Desmoulins de jadis et le descendant qu'était Gabriel. L'image d'Aurélien se superposait à la sienne, l'interpellant à travers les âges pour prendre part à la danse immuable de l'Histoire. Au cœur de cette symphonie silencieuse, une certitude émergea : les pièces du puzzle, dispersées par-delà les générations, ne formaient qu'un seul et même tableau, dont les contours se dessinaient graduellement dans l'esprit avide de réponses de Gabriel.

Le silence pesait lourdement dans la pièce, comme s'il était chargé des souffrances et des espoirs qui résonnaient à travers les âges. Gabriel et le Dr. Fournier étaient assis devant la bibliothèque secrète, plongés dans la contemplation silencieuse des journaux intimes signés 'A.D.' C'était un moment d'une intensité presque palpable, un moment où le poids des siècles semblait reposer sur leurs épaules. Les pages jaunies exhalaient un parfum de mystère, et les mots calligraphiés semblaient murmurer des vérités profondément enfouies. Les passages évoquaient une époque où les idées bouillonnaient, où les passions enflammées se heurtaient aux ténèbres de l'oppression. Chaque mot était une fenêtre ouverte sur un monde perdu, un monde où un homme nommé Aurélien Desmoulins brûlait d'un feu ardent pour la justice et la liberté. Dans ces écrits, Gabriel percevait l'écho lointain des combats menés par son propre ancêtre, un écho qui trouvait étrangement écho en son cœur tourmenté.

Pendant ce temps, tandis que Gabriel et le Dr. Fournier se penchaient sur ces précieux manuscrits, dans une autre époque, Aurélien foulait nerveusement les pavés usés d'une ruelle sombre. Éléonore, sa sœur bien-aimée, l'avait averti des périls qui attendaient ceux qui oseraient défier les pouvoirs en place. Et pourtant, malgré les craintes qui s'insinuaient en lui, il ressentait au plus profond de son être l'appel impérieux de l'action. Sa mission au sein du cercle clandestin était l'étincelle qui attisait la flamme de sa détermination.

La découverte de cette bibliothèque secrète n'était pas seulement la révélation d'un trésor caché, mais une porte ouverte vers un univers parallèle, un enchevêtrement complexe de destins entrelacés. Ces écrits ressuscitaient les pensées et les émotions d'une époque troublée, tissant un lien indéfectible entre le passé et le présent. Ce lien, Gabriel le sentait vibrer en lui, capable de transcender les barrières du temps et de l'espace. Il était maintenant certain que des documents vitaux avaient été dérobés des archives, des documents susceptibles d'éclairer les zones d'ombres planant autour des actes héroïques dont il avait trouvé l'écho dans les journaux d'Aurélien Desmoulins.

Alors que l'ombre du passé enveloppait leurs esprits tourmentés, une connexion puissante se cristallisait lentement, comme les filaments d'un réseau invisible reliant les générations. Une force irrésistible les poussait à poursuivre leur quête, à suivre ce chemin tortueux balisé par les événements enfouis dans les entrailles de l'histoire. Quel secret indicible se cachait derrière ces écrits anciens, quel message codé se dissimulait sous les mots usés par le temps ? Leurs cœurs palpitants savaient que la réponse résiderait dans un passage vers le passé, là où les héros oubliés attendaient patiemment d'être arrachés à l'oubli.

L'obscurité enveloppait Gabriel et Camille lorsqu'ils pénétrèrent dans le tunnel dissimulé sous l'Opéra. Leur lampe éclaira des murs couverts de symboles mystérieux, semblant murmurer des histoires oubliées. Ils avançaient avec précaution, comme s'ils craignaient de réveiller les secrets qui sommeillaient depuis des siècles.

Dans leurs mains, ils tenaient les journaux intimes d'A.D., dont les pages jaunies révélaient des pensées et des expériences d'un autre temps. Chaque mot semblait palpiter comme le cœur de leur ancêtre, les guidant à travers les méandres de l'histoire.

Soudain, une odeur de vieux parchemins les enveloppa, et ils découvrirent une bibliothèque cachée regorgeant de livres anciens. Les mots inscrits sur les couvertures semblaient vibrer d'une énergie particulière, comme s'ils attendaient depuis des générations que quelqu'un vienne en percer les mystères. Parmi ces volumes poussiéreux, Gabriel trouva un ouvrage qui portait en son sein les enseignements du cercle clandestin, des connaissances interdites soigneusement préservées.

Pendant ce temps, alors que Gabriel et Camille étaient immergés dans ce monde du passé, une autre scène se déroulait en parallèle. Aurélien, le lointain ancêtre de Gabriel, recevait sa première mission au sein du cercle clandestin. Éléonore, sa sœur, le regardait avec inquiétude, sachant que ce pas dans l'ombre pourrait changer à jamais le cours de leur destinée. Elle avait toujours veillé sur lui, redoutant les dangers qui guettaient ceux qui osaient défier les conventions.

Les deux lignes temporelles semblaient se rejoindre dans un dialogue muet, tissant des liens invisibles entre les époques.

De vieux manuscrits du XIXe siècle, entre les mains de Gabriel, étaient les clés d'une porte dérobée vers le passé, reliant le présent à un monde oublié. Il comprenait maintenant que des documents avaient été retirés des archives pour masquer la vérité, mais il était résolu à raviver la lumière sur ces secrets enfouis. Alors qu'ils progressaient dans le tunnel, un frisson parcourut Gabriel, comme s'il sentait la présence bienveillante de ceux qui avaient vécu avant lui.

Bientôt, le chemin dévoilerait ses mystères, et les échos du passé se feraient entendre, révélant des vérités enfouies dans l'ombre. Une connexion invisible se tissait entre les protagonistes du passé et du présent, comme pour rappeler que le cours de l'histoire ne s'arrête jamais, mais se prolonge à travers le temps, reliant les âmes audacieuses qui osent écouter son récit.

3
La toile se tisse

Gabriel se rendit au café parisien, un lieu empreint de charme et imprégné d'une atmosphère surannée. Les chandeliers scintillaient faiblement, enveloppant les convives dans une lumière tamisée qui ajoutait à l'aura mystérieuse de l'endroit. Lorsqu'il aperçut le descendant du Comte de Beaumont assis à une table reculée, il ressentit une tension palpable s'élever dans l'air, comme si le destin lui-même avait tissé une toile invisible autour d'eux.

L'homme était vêtu avec élégance, son regard perçant semblait scruter l'âme de Gabriel. Ils échangèrent des salutations polies, mais chaque mot était pesé avec une prudence calculée. Le descendant du comte exprima des préoccupations voilées concernant les recherches de Gabriel, suggérant que certains secrets devraient demeurer enfouis pour le bien de tous. Ses paroles étaient chargées de sous-entendus, laissant planer une aura de menace diffuse.

Pourtant, Gabriel ne se laissa pas intimider. Il sentait que son investigation révélerait des vérités essentielles, des vérités occultées pendant trop longtemps. Il résista avec une fermeté tranquille, refusant de céder devant les manipulations du descendant. Chacune de ses répliques était teintée de détermination, comme si le passé lui-même prenait la parole à travers lui, exigeant que justice soit rendue à ceux qui avaient été oubliés par l'Histoire.

Le café semblait suspendu dans le temps, comme figé dans un moment intemporel où le destin de ces deux hommes s'entrelaçait inexorablement. À travers les fenêtres, les derniers rayons du soleil couchant baignaient la pièce d'une lueur dorée, apportant une touche de mélancolie à cette scène empreinte de gravité. Les murmures étouffés des autres clients semblaient lointains, comme si le monde extérieur s'était estompé, laissant place à un tête-à-tête silencieux et chargé de significations inexprimées.

La rencontre se termina sur une note indécise. Les regards se croisèrent une dernière fois, et chacun savait que cette confrontation n'était que le prélude à des révélations futures. Alors que Gabriel quittait le café, il sentit quelque chose de nouveau s'éveiller en lui : une détermination inébranlable à poursuivre sa quête de vérité, peu importe les ombres menaçantes qui se dressaient sur son chemin.

Dans l'atmosphère feutrée d'une pièce richement ornée, Gabriel se retrouva en face du descendant du Comte de Beaumont. L'homme, à la prestance raffinée et au regard perçant, émanait une aura d'intrigue et de mystère. Dès les premiers échanges, Gabriel ressentit une tension palpable, comme si chaque mot prononcé avait un poids dissimulé, des sous-entendus dissimulés dans les paroles polies. Le descendant du Comte, d'une voix douce et ciselée, tenta d'ébranler la détermination de Gabriel. Il usa de subtils artifices pour semer le doute dans l'esprit de l'historien, évoquant les conséquences funestes que pourrait engendrer la poursuite de ses investigations. Des allusions voilées à des secrets enfouis depuis des générations furent habilement distillées dans la conversation, semant le trouble dans l'esprit de Gabriel.

Pourtant, malgré l'élégante persuasion de son interlocuteur, Gabriel demeura inflexible. Son esprit vif et analytique discerna les faux-semblants derrière les courbettes polies. Il percevait les manœuvres insidieuses ourdies dans l'ombre par cet homme dont les intérêts se heurtaient aux siens. La salle, témoin silencieux de cet affrontement verbal, semblait retenir son souffle, captivée par l'enjeu de cette joute verbale. Les ombres dansaient sur les murs, comme pour souligner l'intensité de cette confrontation entre deux volontés opiniâtres.

Le descendant du Comte, voyant que sa tactique de dissuasion ne produisait pas l'effet escompté, opta pour une approche plus directe. Les mots se firent plus tranchants, les insinuations moins voilées. Il évoqua l'honneur de sa lignée, la nécessité de préserver certaines vérités enfouies, tout en laissant planer l'ombre subtile d'un chantage déguisé. Face à cette menace implicite, Gabriel sentit ses nerfs se tendre, mais une détermination farouche éclairait son regard. Il savait que poursuivre la quête de vérité impliquait des risques, mais reculer devant ces menaces déguisées aurait été trahir la mémoire de ses ancêtres. Ainsi, dans cette pièce où les enjeux s'entremêlaient avec subtilité, l'affrontement entre les descendances rivales se révéla bien plus complexe que ce que laissait présager leur rencontre en apparence courtoise.

Le regard du Comte de Beaumont scrutait Éléonore avec une intensité troublante. Lors du bal masqué qui se déroulait dans l'opulence étourdissante de sa demeure, elle avait le sentiment d'être observée, épiée, peut-être même jugée. Pourtant, derrière son masque sophistiqué, elle s'efforçait de dissimuler ses véritables sentiments, cherchant à paraître insouciante, bien que chaque battement de son cœur trahissait son anxiété.

Déjà perturbée par les événements récents et les préparatifs secrets du groupe clandestin, Éléonore ressentait le poids des responsabilités qui pesaient sur ses frêles épaules. Elle était consciente de jouer un rôle crucial au sein du complot visant à faire éclater la vérité et à défier l'ordre établi, pourtant la présence menaçante du Comte ne cessait de semer le doute dans son esprit.

Un sourire glacial se dessina sur le visage du Comte alors qu'il s'approchait d'Éléonore, se mêlant à la foule élégante qui valsait gracieusement au son envoûtant de l'orchestre. Sa voix grave, empreinte de froideur, résonna à son oreille, murmurant des paroles mielleuses teintées de menace. Il lui rappelait sa place dans ce monde, sa condition de femme, susceptible à tout moment d'être broyée par les rouages implacables du pouvoir et de la manipulation.

Serrant les poings sous les plis soyeux de sa robe chatoyante, Éléonore refusait de céder à la terreur qui menaçait de l'envahir. Elle pensa à son frère, Aurélien, à leur engagement commun pour la vérité et la justice. C'était cette conviction profonde qui lui insufflait le courage de soutenir le regard impérieux du Comte, malgré la peur qui enserrait son cœur.

Pendant ce temps, dans le présent, Gabriel ressentait un frisson d'inquiétude sans pouvoir expliquer précisément la raison de son malaise. La rencontre avec le descendant du Comte de Beaumont l'avait profondément perturbé, alimentant son insatiable curiosité et fortifiant sa détermination à sonder les arcanes du passé. Conscient que des forces obscures cherchaient à entraver sa quête, il se promit de poursuivre ses investigations coûte que coûte, malgré les menaces voilées et les avertissements pressants. La toile semblait s'épaissir autour de lui, mais il savait au fond de son âme qu'il devait démêler les fils du mystère pour que la vérité puisse enfin éclore.

La danse tourbillonnante résonnait dans la vaste salle du château. Les lustres scintillaient, illuminant les masques chatoyants des convives. Tout était luxe et splendeur, mais derrière ces apparences se dissimulaient les intrigues et les ambitions inavouées. Éléonore, vêtue d'une robe à la traine élégante, évoluait gracieusement parmi la haute société, dissimulant son trouble sous un masque de détermination. Toutefois, une présence imposante dans l'ombre attira son attention.

Le Comte de Beaumont, habile manipulateur au sourire charmeur, toisait chaque invité tel un félin observant ses proies. Ses yeux perçants se posèrent sur Éléonore, lui arrachant un frisson imperceptible.

Elle savait que sa méfiance envers le groupe clandestin grandissait, et que chacun de ses gestes était scruté par le Comte. Les mélodies enivrantes de l'orchestre semblaient étouffer les murmures de complot qui planaient dans l'air. Éléonore sentait le poids de cette soirée peser sur ses frêles épaules, mais elle devait rester fidèle à sa mission. Malgré l'oppression qui étreignait son cœur, elle affichait un sourire radieux, étincelant derrière son masque de velours noir.

Le Comte s'approcha soudain, comme un prédateur traquant sa proie. Son regard magnétique semblait transpercer l'étoffe de la robe d'Éléonore pour dévoiler ses pensées les plus intimes. Chaque mot qu'il prononçait était empreint de flatterie et de manipulation. Il exerçait sur elle une séduction venimeuse, cherchant à sonder ses convictions et à semer le doute dans son esprit. Malgré son assurance feinte,

Éléonore sentait la tension monter en elle. Elle devait rester impassible, gardienne des secrets précieux que renfermait son cœur. Au milieu de cette mascarade d'apparences, elle savait que la véritable bataille se jouait dans les nuances subtiles des échanges entre les convives. Chaque pas de danse, chaque échange protocolaire étaient des pions sur l'échiquier d'une lutte silencieuse pour la liberté et la justice. Alors que les masques voilaient les visages, la vérité demeurait insaisissable, recelant dangers et promesses. Éléonore résistait, telle une rose épanouie parmi les ronces de complots. Elle devait demeurer forte, consciente que chaque instant passé sous le regard du Comte la rapprochait un peu plus du dénouement inéluctable de leur confrontation.

La scène du bal masqué s'annonce comme une

danse complexe entre les masques et les véritables intentions. Les lustres étincelants diffusent une lumière tamisée, qui éclaire des visages dissimulés derrière des masques somptueux. On ne saurait dire si la magnificence des parures rivalise avec l'éclat des yeux où se devinent les secrets les mieux gardés. Les convives avancent, drapés dans des atours opulents, tandis que les murmures de la musique irisent l'atmosphère de mystère.

Dans ce tourbillon de faux-semblants, chaque pas révèle un jeu de dupes, et la danse des masques cache des énigmes insoupçonnées. Au détour d'une allée, le Comte de Beaumont apparaît, majestueux sous son masque d'argent ciselé, escortant Éléonore, dont la robe écarlate semble brûler de mille feux. Son regard semble naviguer entre détermination et inquiétude, saisissant toute la subtilité de leurs échanges silencieux. Derrière son masque impénétrable, le Comte dessine des promesses voilées, alors qu'Éléonore étouffe ses craintes pour servir la cause commune.

Pendant ce temps, dans l'ombre des alcôves feutrées, d'autres figures se laissent emporter par la valse des apparences. Aurélien, le cœur confiant, fait miroiter un espoir tenu à bout de bras, tandis que Raphaël, en proie aux tourments de la jalousie, semble prêt à trahir l'inavouable. La conspiration se dessine, lentement, au fil des phrases chuchotées, au gré des complots ourdis dans le secret des cœurs. Chaque rire, chaque soupir, laisse entrevoir des alliances fragiles et des traîtrises latentes. L'action secrète prend forme, imperceptiblement, sous le masque des convenances. Des regards complices glissent, des gestes équivoques illuminent les couloirs sombres, tandis que la passion, guide aveugle des destins croisés, se joue des convenances. Les murmures des comploteurs mêlent leurs voix à l'envoûtement de la musique, tissant les fils invisibles qui lient l'Histoire à l'audace de quelques-uns. Dans ce bal masqué, l'enjeu dépasse le simple divertissement mondain : il s'agit de lutter contre l'obscurantisme, de libérer la pensée et d'affirmer l'aspiration à la liberté, là où seuls les courageux osent braver les masques.

La tension était palpable, semblant flotter dans l'atmosphère, tel un voile sombre prêt à s'abattre. Gabriel ressentait un mélange d'excitation

et d'appréhension face à la tournure que prenaient les événements. Alors que le descendant
du Comte de Beaumont tentait de semer le doute
dans son esprit, une détermination farouche
s'emparait de lui, le poussant à percer les mystères du passé coûte que coûte. En parallèle, dans
les méandres de l'histoire, le groupe clandestin
se rassemblait en secret pour ourdir une action
politique qui changerait à tout jamais le cours des
événements. Les alliances se formaient, les plans
se tissaient comme une toile complexe où chaque
fil devait être manié avec précaution pour ne pas
révéler leur dessein.

Dans l'ombre, des conspirateurs échangeaient
des regards furtifs, murmurant des mots chargés
de sous-entendus. Les cœurs battaient à l'unisson, porteurs du poids de leurs desseins, alors
que l'avenir reposait entre leurs mains. La peur
et l'excitation s'entremêlaient, créant une atmosphère électrique propice à l'éveil des con-
sciences endormies. Éléonore, jeune femme au
tempérament vif et à l'intelligence acérée, se
tenait au cœur de cette action secrète, prête à
défier les conventions pour servir sa cause. Son
regard brillait d'une détermination sans faille,
révélant une force insoupçonnée qui la rendait

captivante.

Pendant ce temps, dans le présent, Gabriel forgeait des résolutions inébranlables, refusant de plier face aux menaces voilées du descendant de Beaumont. Ses recherches étaient devenues une quête personnelle, transcendant le simple désir de savoir pour embrasser un devoir impérieux envers ses ancêtres. Chaque page tournée, chaque indice décrypté le rapprochait de la vérité enfouie depuis tant d'années. L'action secrète se préparait dans l'ombre, telle une pièce maîtresse sur l'échiquier du destin, prête à se dévoiler dans un ultime coup d'éclat. Le suspense vibrant de promesses et de révélations planait dans l'air, promettant de dévoiler des vérités longtemps enfouies et des destins liés au fil du temps.

Alors que la nuit étendait son voile sombre sur la ville endormie, Gabriel déploya son courage face aux manigances du descendant du Comte de Beaumont. Animé d'une détermination inébranlable, il refusa catégoriquement de céder à la peur semée par les stratagèmes et mensonges ourdis pour entraver sa quête de vérité. Sous le doux halo de la lueur des réverbères, il se retrouva plongé dans une lutte incessante entre les forces du passé, incarnées par ces descendants assoiffés de secrets enfouis, et son insatiable soif de découvrir la réalité dissimulée depuis des générations.

Chaque fibre de son être vibrait au rythme de sa résolution inflexible, guidant ses pas vers l'accomplissement de son destin mêlé à celui de ses ancêtres. Le descendant de Beaumont, pétri de rancœur et de confusion, tenta par maints artifices perfides de semer le doute dans l'esprit de Gabriel, espérant ainsi dissuader ce dernier d'explorer les arcanes du passé mêlé au présent. Cependant, tel un roc battu par les flots impétueux de l'adversité, Gabriel tint bon, nourrissant en son cœur la flamme ardente de la persévérance. Ses pas le menèrent devant des portes closes, gardiennes silencieuses de mystères millénaires, mais aucune entrave ne pouvait contenir la force intérieure qui animait son âme.

Dans ce face-à-face tendu, les ombres du passé dansaient dans les yeux de Gabriel, y projetant les reflets d'une histoire immuable, prête à se dévoiler sous son impulsion. Affrontant les tumultes de l'incertitude, il embrassa le souvenir de ses ancêtres, s'imprégnant de leur audace et de leur résilience qui emplissaient l'atmosphère de cet instant figé dans le temps. Chaque obstacle dressé sur sa route ne faisait que galvaniser sa détermination, transformant chaque piège en un défi à relever, et chaque détour en une opportunité de confondre les desseins funestes tramés contre lui.

Ainsi, dans cette nuit empreinte de mystère, Gabriel avança tel un éclaireur intrépide, guidé par la lumière vacillante de la vérité qui illuminait son chemin tortueux. Son esprit revêtit l'armure de son héroïsme, et ses pensées prirent l'essor telle une symphonie grandiose, portée par la sincérité de son engagement envers la mémoire de ses prédécesseurs. Cette détermination indestructible scellait son destin à celui des héros du passé, liant leurs existences à jamais dans une quête commune, teintée d'éclats d'espoir et de promesses de rédemption.

Le descendant du Comte de Beaumont, un homme à l'allure altière et aux propos ambigus, tentait par tous les moyens de semer le doute dans l'esprit de Gabriel. Ses stratagèmes étaient aussi subtils que pernicieux, enveloppés dans une toile de mensonges soigneusement ourdie. Chaque parole articulée par cet homme semblait être teintée d'un venin sournois, visant à ébranler la résolution de Gabriel. Malgré ses efforts pour dissimuler ses véritables intentions, l'éclat fugace de malice dans ses yeux trahissait le caractère retors de ses desseins. Son discours, empreint de roublardise, oscillait entre l'envie de dissuader Gabriel de poursuivre ses recherches et la crainte évidente de voir surgir la vérité tant redoutée.

Gabriel se retrouvait au cœur d'une joute verbale où chaque propos était pesé, chaque geste scruté. Il percevait clairement que derrière les apparences feutrées de politesse se dissimulaient des manœuvres perfides, ourdies dans l'ombre des sombres desseins du passé.

Pendant ce temps, dans les méandres du XIXe siècle, le groupe clandestin préparait en secret une action politique d'envergure. Les murmures des murs anciens portaient les échos de leurs réunions nocturnes, résonnant telles des notes discordantes flottant dans l'air épais des complots ourdis. Au fil des jours, Éléonore, tout en étant le point central de l'intérêt du Comte, déployait des ruses ingénieuses pour dissimuler les agissements de son frère Aurélien et de leurs complices.

Le jeu d'apparences orchestré au bal masqué, où les masques servaient autant à dissimuler les visages qu'à camoufler les desseins subversifs, prenait une tournure périlleuse. L'intrigue se densifiait, les acteurs jouant avec les limites de la tromperie et de la loyauté. Les affrontements se déroulaient autant dans les salons mondains que dans les dédales souterrains, où les secrets grondaient tels des orages prêts à éclater. L'heure approchait où les stratagèmes et les mensonges seraient mis à nu, révélant la vérité nue dans toute sa splendeur trouble.

Le bal masqué avait pris fin, laissant place à une atmosphère teintée de mystère et de préparation. Dans les couloirs silencieux de l'Opéra, les murmures des murs anciens semblaient s'intensifier, comme pour annoncer les secrets qu'ils abritaient. Gabriel sentait le poids de l'histoire planer sur ses épaules, mais sa détermination demeurait inébranlable.

Alors qu'il parcourait les archives poussiéreuses à la recherche d'indices, les ombres du passé semblaient s'animer, révélant des fragments d'une époque tourmentée. Les pages jaunies des journaux intimes signés 'A.D.' semblaient vibrer sous ses doigts, lui transmettant les émotions intenses de son ancêtre. Tandis que l'obscurité enveloppait peu à peu l'Opéra endormi, Gabriel se retrouva plongé dans un état de méditation profonde. Les passions oubliées semblaient trouver écho en lui, faisant surgir une vague de courage pour affronter l'adversité qui se dressait devant lui. Les murmures des murs anciens évoquaient les luttes passées, les sacrifices consentis, et exhalaient la promesse d'une révélation imminente. À travers les méandres du temps, il percevait les échos lointains de l'action politique fomentée par le groupe clandestin, tandis que les desseins du descendant de Beaumont se dessinaient tels des spectres menaçants prêts à hanter son chemin.

Pourtant, au-delà des sombres desseins, Gabriel discernait également la lueur de l'espoir et de la résistance. Éléonore, figure emblématique du passé, semblait transcender les siècles pour lui transmettre sa force et sa détermination. Ses yeux étincelants et ses actions audacieuses résonnaient dans l'opulence austère des salles désertes, rappelant à Gabriel que le choix du courage était désormais sien. Face aux défis qui se dressaient devant lui, Gabriel savait que les murmures des murs anciens ne faisaient que renforcer sa résolution. Dans l'écho des voix passées, il découvrait la mélodie insaisissable de l'héroïsme et de la justice, l'invitant à embrasser son destin avec la détermination farouche d'un héritier conscient de l'importance de son legs. Alors, ragaillardi par l'appel de l'histoire, il se prépara à affronter les ténèbres et à faire triompher la flamme de la vérité, au nom de ceux dont les murmures demeuraient éternels dans les murs ancestraux de l'Opéra.

Gabriel se retrouvait à la croisée des chemins, submergé par les révélations troublantes et les menaces voilées qui planaient autour de lui. Dans l'obscurité suffocante des couloirs, il sentait le poids presque tangible de l'histoire ancestrale qui pesait sur ses épaules, comme si chaque pierre ancienne tentait de murmurer un avertissement discret. Malgré les assauts constants visant à briser sa détermination, une lueur d'audace s'éveillait en lui, nourrie par le souvenir des héros méconnus du passé, prêts à braver l'adversité pour la quête de vérité.

Alors que le descendant du Comte de Beaumont persistait dans ses tentatives de dissuasion, déployant des artifices raffinés et des mots empoisonnés, Gabriel refusait de plier devant les ténèbres qui cherchaient à se refermer sur son chemin. Chaque regard froid, chaque sourire calculé, ne faisaient que renforcer sa résolution, alimentant en lui une flamme intérieure d'intrépidité. Son esprit était imprégné des histoires héroïques de son ancêtre, auréolées de bravoure et de sacrifices, et il se jurait de marcher sur leurs pas avec la même témérité.

Pendant ce temps, dans le monde voilé du XIXe siècle, les membres du groupe clandestin peaufinaient leur stratégie, conscient que chaque geste posé était une bataille contre l'oppression et l'injustice. Éléonore, figure aussi énigmatique qu'admirable, était confrontée aux avances déplaisantes du Comte de Beaumont, mais demeurait inflexible dans sa détermination à protéger les idéaux pour lesquels elle se battait. À travers le prisme du temps, ses actions résonnaient en écho avec la fermeté dont Gabriel faisait preuve dans son propre combat présent, créant ainsi un lien indissoluble entre ces deux époques distinctes.

Le bal masqué des apparences et des masques

tombés révélait progressivement les enjeux d'une lutte qui transcendait les limites du temps. L'action secrète se préparait dans l'ombre des deux époques, tissant invisiblement les fils du destin de manière inextricable. Dans cette danse souterraine entre le passé et le présent, chaque pas hésitant devenait une promesse de courage, chaque secret révélé une proclamation d'intégrité.

Finalement, plongé dans cet univers fait de strates temporelles entrelacées, Gabriel embrassait pleinement sa mission périlleuse avec une force renouvelée. Il savait que chaque mensonge démasqué, chaque stratagème déjoué, ne faisaient que renforcer sa conviction inébranlable que la vérité ne pouvait être étouffée. Et tandis que les murmures des murs anciens semblaient lui murmurer des avertissements, ils alimentaient en réalité sa détermination, lui soufflant que le choix du courage était le seul qui vaille la peine d'être fait.

4
L'art en résistance

Les archives de l'Opéra débordaient de partitions anciennes, témoins muets des mélodies du passé. Accompagné par la pénombre et le silence, Gabriel entama sa quête dans cet océan de notes figées. Les doigts effleurant les parchemins jaunis, il scrutait chaque ligne, chaque signe, en quête d'un écho secret du passé. C'est dans la précision des annotations, presque effacées par le temps, que se nichait peut-être la clé de cette énigme musicale. Comme un archéologue face à des runes anciennes, il examinait chaque mesure, cherchant l'harmonie dissimulée sous les apparences.

Lentement, une révélation commença à poindre : des motifs inhabituels étaient dissimulés dans la partition, des symboles cachés entre les croches et les blanches, un langage crypté tissé dans la trame musicale. Chaque note devenait porteuse d'un sens secret, chaque pause un instant chargé de mystère. Les mains comme guidées par une force invisible dévoilaient graduellement un message codé qui transcenderait le temps et l'espace. La musique s'anima soudain, vibrant sous des aspects insoupçonnés.

Dans cet univers parallèle révélé par les partitions, l'œuvre d'Aurélien prenait une nouvelle dimension, reconfigurant le présent à la lumière de son passé. La partition devint alors une passerelle entre deux époques, un lien intemporel reliant Gabriel au destin de son ancêtre. Chaque mesure explorée rapprochait un peu plus le fil ténu séparant les siècles, rendant tangible l'héritage musical laissé par Aurélien. Ainsi, plongé dans cette intimité retrouvée avec la virtuosité passée, Gabriel ressentit l'étreinte chaleureuse des générations successives, un héritage transmis au fil des pages musicales. Et c'est dans cet enchevêtrement harmonieux de secret et de révélation que Gabriel trouva une part de lui-même, révélée par les méandres mystérieux de ces partitions anciennes.

Aurélien, jeune compositeur passionné, avait un don pour tisser des émotions intenses dans chacune de ses créations musicales. Mais, cette fois-ci, son inspiration allait bien au-delà de la simple composition d'une pièce harmonieuse. Alors qu'il se savait épié par les membres du cercle clandestin, Aurélien décida de dissimuler des messages secrets au cœur même de son œuvre musicale. Chaque note, chaque variation mélodique était destinée à transmettre des informations codées, un appel à la rébellion dissimulé dans le langage universel de la musique.

Avec une ingéniosité inouïe, il parvint à entremêler ces messages subtils dans une symphonie envoûtante, donnant ainsi vie à une création à double sens. En surface, l'œuvre présentait l'aspect d'une composition artistique exemplaire, touchant les cœurs et captivant les esprits, mais en réalité, elle renfermait un récit caché, une histoire d'intrigue et de résistance. Chaque mouvement musical, chaque crescendo, abritait un fragment de vérité, une parcelle de l'histoire interdite que le Comte tentait de museler à tout prix.

Et ce fut avec une détermination farouche qu'Aurélien poursuivit son travail, conscient du risque qu'il prenait à défier ouvertement les autorités en place. Éléonore, fidèle alliée de son frère, joua un rôle crucial dans cette entreprise de dissimulation. Elle usa de tous les moyens à sa disposition pour protéger la composition d'Aurélien, déguisant les partitions codées sous l'apparence innocente de simples partitions musicales. Ainsi, la salle de bal devint le théâtre silencieux d'une opposition muette, où les accords harmonieux cachaient des secrets bien gardés. Dans l'éclat des lustres et sous le poids des masques, l'art transcenda sa fonction première pour devenir un instrument de résistance. C'est dans ce subtil mélange de beauté et de dissimulation que la musique d'Aurélien s'éleva, prête à exposer la vérité à qui serait capable de l'entendre.

Les notes de musique semblaient danser sur la partition, semblant former une mélodie enchanteresse, mais sous cette symphonie secrète se cachait bien plus qu'une simple composition. Les doigts agiles d'Aurélien avaient divinement tissé un réseau complexe de codes et de messages dissimulés au cœur de chaque mesure. Chaque note, chaque nuance apportait sa part du puzzle, soigneusement camouflée derrière la beauté éclatante de l'œuvre.

Alors que le jeune homme peaufinait les dernières touches de sa création, Éléonore observait avec admiration son frère faire naître un chef-d'œuvre qui, bien au-delà de sa portée artistique, serait le pilier de leur lutte clandestine. Sans un mot, elle comprit que cette musique revêtirait un rôle crucial dans la résistance qui s'organisait, une arme dissimulée dans l'innocence des partitions, prête à révéler ses secrets aux initiés.

Pendant ce temps, dans le présent, Gabriel découvrait avec stupeur les retombées des desseins maléfiques du Comte. Les menaces directes qu'il avait reçues indiquaient clairement que sa quête de vérité n'était pas vue d'un bon œil. Mais une force irrépressible l'animait, le poussant à poursuivre ses recherches et à démêler l'écheveau de mystères qui le hantait. Ses soupçons grandissaient alors qu'il envisageait de plus en plus sérieusement l'existence d'un lien entre les événements passés et l'agitation présente.

C'est dans ce tourment intérieur que Gabriel décida de se plonger corps et âme dans la musique héritée d'Aurélien. Convaincu que des indices cruciaux étaient enfouis dans la partition, il entreprit de chercher le message dissimulé avec l'aide précieuse de Camille. Chaque note, chaque rythme, devint pour lui un symbole à décoder, une clé pour ouvrir les portes du passé et comprendre le secret insidieux qui liait ces deux époques si éloignées.

Dans l'ombre des coulisses de l'Opéra, alors que les gammes résonnaient dans l'air vicié par l'urgence, Gabriel pressentit que cet art, détourné de son innocence première, cachait les véritables enjeux d'une lutte millénaire. La musique devint pour lui le miroir de cette résistance, l'expression sublime d'une guerre sourde, mais ô combien essentielle. Le piano centenaire, imprégné des souffrances passées, fut l'ultime bastion où le romancier se mit à la recherche fiévreuse du message crypté, déterminé à découvrir le legs obscur laissé par Aurélien, porteur de sens et de liberté.

Le Comte de Beaumont, homme à l'attitude altière et au regard scrutateur, avait toujours été observateur. Ses yeux perçants scrutaient les moindres faits et gestes de ceux qui gravitaient autour de lui. Depuis l'arrivée de Gabriel Moreau à l'Opéra de Paris, une inquiétude grandissante l'envahissait. Des conversations chuchotées aux regards échangés dans les coulisses, rien n'échappait à son acuité sans pareille.

Au fil des jours, cette anxiété s'était muée en suspicion. Il comparait les événements, rapprochait les indices, et un sinistre tableau se dessinait dans son esprit. Les allées sombres de l'Opéra semblaient devenir son champ de bataille, où chaque ombre cachait peut-être un traître ou un conspirateur.

Gabriel, pour sa part, ressentait le poids de cette méfiance grandissante. Chaque instant passé dans l'enceinte de l'Opéra était teinté d'une tension palpable. Les regards furtifs et les silences chargés pesaient sur ses épaules comme autant de reproches muets. Même Camille, d'ordinaire si assurée, semblait affectée par cette atmosphère oppressante. Pourtant, Gabriel demeurait déterminé à poursuivre ses recherches coûte que coûte. Les menaces directes qu'il avait reçues ne faisaient que renforcer sa résolution. Il sentait confusément qu'au cœur de cette machination secrète se trouvait la clé de bien des mystères.

Les répétitions se succédaient, mais les notes cristallines qui s'élevaient des partitions semblaient désormais chargées d'une signification cachée. Chaque crescendo murmurait une promesse de révélation, chaque pause reposait sur un secret bien gardé. L'art, toujours veillant, se muait en témoin silencieux d'une résistance millénaire, invisible sous ses dehors innocents.

Le Comte, lui, redoublait d'efforts pour étouffer

tout début de rébellion, pour anéantir toute lueur d'opposition. Son emprise sur l'Opéra semblait se resserrer, écrasant toute velléité d'indépendance. Mais au-delà des dorures et des velours, une force intangible persistait, insaisissable, prophétique. Et tandis que les passions musicales se mêlaient aux complots feutrés, une destinée commune, tissée dans les tréfonds de l'Histoire, se préparait à éclore dans un dernier acte dont nul ne pourrait prédire l'issue.

Les notes de musique dansaient sur les pages élimées des partitions, révélant des secrets enfouis depuis des décennies. Gabriel, plongé dans la bibliothèque secrète, et Camille, l'accompagnant avec son expertise médicale, mais aussi musicale, déchiffraient patiemment chaque portée, cherchant des indices dissimulés dans les mélodies envoûtantes. Ils savaient que la musique avait toujours été un moyen de résistance, une voie pour communiquer sans éveiller les soupçons des oppresseurs.

De même, dans le passé, les symphonies d'Aurélien étaient bien plus que de simples compositions ; elles portaient en elles des messages codés destinés à rallier les cœurs à une cause noble. Au-delà des tonalités douces ou de la puissance des crescendos, la musique renfermait des parcelles de vérité disséminées subtilement. Dans cette quête de révélation, Gabriel et Camille percevaient la portée de leur mission, au-delà des retentissements des instruments anciens qui vibraient encore au sein de l'Opéra mystérieux.

La salle de musique cachée résonnait des échos du passé, enveloppant les protagonistes d'une aura enchanteresse, mais aussi menaçante. Les fardeaux de l'histoire semblaient reposer sur les épaules des chercheurs, dans cette atmosphère où les partitions dissimulaient des trésors et des périls équivalents. Les musiciens du passé avaient insufflé une âme rebelle à leurs œuvres, bravant l'adversité par le biais de leurs instruments. De même, Éléonore avait joué un rôle crucial en dissimulant les compositions d'Aurélien dans ses costumes de scène, transformant ainsi la représentation artistique en acte de défiance silencieux contre l'oppression. Chaque mesure de musique portait en elle l'espoir et la promesse d'un avenir où la liberté triompherait.

Gabriel, consumé par sa passion pour la musique et l'histoire familiale qui s'y entremêlait, ressentait l'urgence de percer le secret enfoui dans le vieux piano de l'Opéra. Les menaces directes qu'il avait reçues ne faisaient que renforcer sa détermination à découvrir la vérité dissimulée dans les accords oubliés. L'instrument emplissait la pièce de ses murmures mélancoliques, comme s'il appelait à l'aide pour libérer les vérités étouffées. La tension montait au fur et à mesure que Gabriel approchait du dénouement, tandis que Camille offrait un soutien solide, prête à affronter les révélations poignantes que la mélodie du passé promettait d'apporter. Le vieux piano renfermait des secrets musicaux depuis trop longtemps, prêt à délivrer son message, véritable clé du mystère qui enserrait les destins croisés des époques passée et présente.

Dans ce moment crucial, Gabriel se retrouvait face à un vieux piano au fini écaillé, caché dans l'obscurité poussiéreuse d'une pièce oubliée de l'Opéra de Paris. Les menaces directes qu'il avait reçues semblaient converger vers cet endroit, comme si le destin lui avait choisi cette partition de l'histoire pour révéler ses secrets les mieux gardés. Son esprit était envahi par une tension électrique alors qu'il effleurait délicatement les touches fanées du piano, espérant découvrir le moindre indice susceptible de changer le cours de son enquête. Chaque note résonnait comme le murmure d'un passé sombre et mystérieux. La douce mélodie qui s'échappait du vieil instrument semblait empreinte d'une urgence silencieuse, comme si elle renfermait en son sein un message essentiel que seul un esprit brillant serait capable de décrypter.

Gabriel savait pertinemment que le temps était compté, que chaque seconde écoulée rapprochait l'énigme de sa résolution inévitable. Plongé dans une sorte de transe mélodique, il se remémorait les symboles énigmatiques gravés dans les vieux parchemins, cherchant frénétiquement un lien musical susceptible de percer les mystères de l'histoire. Les yeux clos, il laissait ses doigts parcourir le clavier, écoutant attentivement chaque harmonie qui prenait vie sous son toucher inspiré. Soudain, une séquence de notes atypiques attira son attention, comme si elles constituaient l'écho lointain d'un appel désespéré venu d'une époque révolue.

Guidé par une intuition hors du commun, Gabriel entreprit de noter méticuleusement ces notes singulières sur un carnet taché de poussière, veillant à transcrire avec précision leur tonalité distinctive. Ce faisant, il ressentit une formidable force le saisir, comme si les vibrations secrètes de la musique entraînaient son esprit vers les confins d'un mystère millénaire. Les heures s'égrenaient silencieusement tandis que Gabriel, englouti par sa quête musicale, tentait d'assembler les pièces éparses d'une énigme aussi ancienne que l'Opéra lui-même.

Au fur et à mesure que la nuit enveloppait l'Opéra dans son manteau éthéré, Gabriel se laissa porter par une passion grandissante pour cette musique codée, explorant chaque variation complexe avec une détermination farouche. Les ombres mouvantes projetaient des reflets spectraux sur les murs lambrissés, créant un tableau irréel où le présent et le passé semblaient se fondre en une danse spectrale. Loin des regards indiscrets, dans cet univers parallèle façonné par les notes transcendantales, Gabriel était prêt à affronter tous les défis, à élucider les énigmes qui avaient défié le temps et à triompher des forces obscures qui planaient au-dessus de lui.

Dans l'obscurité des coulisses de l'Opéra, une sinistre présence se dessinait. Gabriel et Camille avaient découvert un message caché dans le vieux piano, mais cette avancée dans leur quête avait attiré l'attention de forces obscures. Des menaces voilées se matérialisaient sous la forme de pressions incessantes, de regards furtifs et de murmures qui semblaient suivre les deux chercheurs à chaque pas. La tension était palpable, alors que des ombres menaçantes semblaient rôder dans les recoins sombres du théâtre. Pendant ce temps, dans les souvenirs du XIXe siècle, Éléonore jouait son rôle de messagère cachée avec une grâce exquise. Dissimulant des partitions codées dans les plis de ses costumes de scène, elle devenait l'incarnation même de la résistance artistique. Cependant, sa bravoure n'était pas passée inaperçue. Les soupçons du Comte grandissaient de jour en jour, alimentés par le mystère qui planait sur les performances musicales d'Éléonore. Chaque note, chaque geste prenait une signification nouvelle dans cet échiquier périlleux où la moindre erreur pouvait mener à la découverte du réseau secret.

Tandis que Gabriel et Camille plongeaient dans les arcanes de la musique pour déchiffrer les messages dissimulés, ils devaient aussi lutter contre les sombres forces qui cherchaient à les retenir dans l'ombre des coulisses. La beauté envoûtante de l'Opéra était teintée d'une atmosphère lourde de menace, car l'art devenait un champ de bataille entre la liberté et l'oppression. Chaque composition musicale devenait un acte de rébellion, chaque partition un manifeste de résistance. Dans ce contexte, les notes elles-mêmes semblaient résonner comme des appels à l'insurrection, des murmures de vérité étouffés par le poids de l'histoire.

Malgré les menaces insidieuses, Gabriel et Camille persévéraient, s'accrochant à l'espoir que la lumière finirait par chasser les ténèbres. Ils savaient que leur mission n'était pas seulement de découvrir la vérité enfouie dans les compositions d'Aurélien, mais également de défendre l'héritage d'artistes courageux qui avaient choisi de s'élever contre l'injustice. Leurs efforts étaient plus que la simple recherche d'un trésor perdu : c'était un combat pour la préservation de l'âme même de l'Opéra, pour que sa musique continue à vibrer comme un symbole intemporel de liberté.

Ainsi, dans l'ombre des coulisses, alors que

des forces sombres conspiraient pour les arrêter, Gabriel et Camille serraient les rangs, préludant une confrontation finale qui allait mettre en lumière non seulement les secrets du passé, mais encore les héros méconnus qui avaient combattu pour la vérité au rythme de mélodies interdites.

La lumière vacillante des bougies baignait la chambre, répandant une lueur dorée sur les partitions éparpillées. Gabriel, absorbé par la quête de la vérité dissimulée dans la musique, cherchait frénétiquement des indices cachés entre les notes. Camille observait attentivement, posant un regard bienveillant sur son ami, partageant sa détermination à percer le mystère qui hantait l'Opéra de Paris.

Dans le passé, Éléonore Desmoulins, belle, courageuse et d'une intelligence remarquable, avait été la messagère cachée d'une rébellion silencieuse. Sous l'oppression du Comte de Beaumont, elle avait découvert que la puissance des mots pouvait être éclipsée par la force enchanteresse de la musique. Alors, accompagnée par les compositions secrètes d'Aurélien, elle avait tissé des messages codés, mélangeant harmonieusement les notes pour cacher des mots d'espoir et de liberté. Sa main gracieuse avait tracé des symboles musicaux empreints de courage et de désir de changement, avant de les dissimuler dans une partition interprétée pendant une représentation mémorable.

Tandis que les mélodies enivrantes ensorcelaient le public, le message clandestin voyageait furtivement dans les cœurs assoiffés de liberté. Les soupçons grandissants du Comte de Beaumont ne faisaient que renforcer l'imperceptibilité des symboles gravés dans les partitions, préservant ainsi l'espoir fragile qui résidait au sein du cercle clandestin.

De nos jours, alors que Gabriel scrutait chaque feuillet avec une concentration fiévreuse, Camille sentit une douce mélodie planer dans l'air, comme si le souffle du passé venait lui murmurer les secrets enfouis. Les émotions subtiles se mêlaient à la détermination, créant une atmosphère électrique chargée d'anticipation. Chaque coup de pinceau invisible d'Éléonore, soigneusement orchestré dans le silence ancestral de l'Opéra, semblait vibrer à travers les âges pour guider Gabriel vers la vérité enfouie au cœur de la musique.

Un frisson parcourut l'échine de Gabriel lorsqu'il réalisa que le vieux piano, délaissé dans l'ombre des coulisses depuis des décennies, cachait peut-être le précieux message musical qu'il cherchait. Les menaces directes qu'il avait reçues semblaient être le reflet sinistre des obstacles auxquels Éléonore avait dû faire face. La musique, symbole de résistance entre les deux époques, devenait le fil conducteur reliant le passé épique au présent tumultueux. Puis, alors que ses doigts effleuraient les touches fanées du piano, Gabriel sentit une vibration familière résonner en lui. Il ne tarderait plus à percer le voile de mystère qui occultait la partition perdue, révélant ainsi au monde contemporain la force insoupçonnée de l'art en résistance.

Les couloirs de l'Opéra résonnent des pas précipités de Gabriel et Camille, qui parcourent chaque recoin à la recherche d'un trésor dissimulé. Les fresques ornant les murs semblent murmurer des secrets ancestraux tandis que le parfum enivrant de l'histoire embaume l'air. La mission qui les accapare va au-delà de la simple quête : c'est une immersion dans l'âme même de l'Opéra, un voyage qui transcende le temps et réveille les échos d'une résistance artistique retranchée dans les partitions intemporelles. Chaque note cachée, chaque souffle musical qui s'échappe des pages jaunies promet de dévoiler la clé tant convoitée. Guidés par leur passion et intrépidité, ils explorent le dédale labyrinthique où se mêlent le faste du passé et le mystère du présent. Loin des regards indiscrets, sous la lumière vacillante des chandeliers anciens, ils exhument les vestiges oubliés de la rébellion inscrite dans les symphonies. Les doigts agiles de Gabriel effleurent les pages fragiles, cherchant frénétiquement la trace de cette partition véritable Graal. Chaque silence, chaque inflexion vient alimenter l'espérance d'une découverte imminente, confrontant ainsi le danger palpable à la soif inextinguible de vérité.

Pendant ce temps, alors que les ombres dansent au rythme des flambeaux, une tension électrique émane des spectres du passé. Les contours de la pénombre révèlent les traces d'un destin funeste qui a bercé les conspirations du Comte. L'urgence devient palpable, comme si l'harmonie fragile du présent menaçait de se disloquer à tout moment sous le poids des secrets enfouis. La partition perdue émerge alors tel un joyau dissimulé au sein des strates du temps, un reflet étincelant chargé d'espérances et de désespoirs. À chaque tournant, au détour de chaque corridor, Gabriel et Camille poursuivent leur quête avec une ferveur toujours croissante. Leurs yeux s'illuminent d'une détermination farouche, galvanisés par la conviction que la partition regorge de notes porteuses de liberté.

Car en ces lignes musicales se dessine le récit d'une rébellion silencieuse, un acte de résistance immortel gravé dans la chair même de l'Opéra. Et alors que les pas se font plus pressants, que les heures se fondent en un tourbillon fiévreux, l'espoir d'inscrire une nouvelle page dans l'histoire de l'Opéra les guide inexorablement vers leur destinée.

Les notes s'élevaient dans la pénombre de l'Opéra, tissant un drame musical qui résonnait comme une déclaration d'indépendance. Dans les coulisses, Gabriel et Camille se penchaient sur les partitions, cherchant frénétiquement des clés cachées, des harmonies dissimulées. Chaque mesure, chaque symbole prenait soudain une signification mystérieuse, comme si la musique elle-même était devenue le vecteur d'une résistance ancestrale. Dans le passé, Éléonore avait dissimulé une partition précieuse dans les plis d'une robe de scène, espérant ainsi préserver la voix étouffée de la vérité. Le Comte, lui, toujours avide de contrôle, de pouvoir, resserrait lentement son étau sur ceux qu'il soupçonnait être liés à la dissidence. Les notes griffonnées par Aurélien étaient devenues pour lui l'écho menaçant d'une insurrection musicale, et ses suspicions grandissaient comme une tempête dans son esprit tourmenté.

Pendant ce temps, Gabriel se retrouvait confronté à des menaces directes, sa détermination à percer le secret des partitions devenant un défi de plus en plus périlleux. Chaque pas dans les couloirs déserts de l'Opéra semblait résonner comme un avertissement, mais sa passion pour la vérité le guidait inexorablement vers le vieux piano abandonné. Il sentait que derrière les touches usées se dissimulait la clef de voûte de cette histoire enfouie dans les siècles.

Alors que les doigts de Gabriel effleuraient les premières notes, un frisson parcourut son échine. Les mélodies oubliées semblaient murmurer un appel à l'action, à la rébellion. Chaque trille, chaque modulation apportait avec elle le souffle vibrant d'un passé tourmenté, la promesse d'une révélation imminente. Les rumeurs de l'Opéra ne tardèrent pas à se teinter d'une aura de mystère, suscitant à la fois fascination et appréhension.

Camille, fidèle compagne d'aventure, partageait l'ardeur de la quête de Gabriel, déchiffrant avec lui les codes dissimulés au cœur des compositions enfouies. Le piano devint alors le réceptacle sacré où se mêlaient les destinées croisées du passé et du présent, où les accords vibraient comme autant de serments de révolte et d'héroïsme.

Ainsi, au sein des méandres de l'Opéra, des notes en apparence insignifiantes se dressaient peu à peu telles des étendards de liberté, défiant le silence pesant de l'oubli. La musique, autrefois complice muette des actes audacieux et des luttes clandestines, reprenait son rôle de porte-voix des âmes insoumises, prête à ébranler les fondations même de l'histoire ensevelie.

5
Le bal masqué

Gabriel ressentit une vague d'excitation lorsqu'il franchit les portes majestueuses de l'Opéra de Paris, masqué comme le veut la tradition lors d'un bal masqué. À ses côtés, Camille, le Dr Fournier, était resplendissante dans sa robe scintillante. La salle chatoyait de lumières étourdissantes, créant une atmosphère enchanteresse qui imprégnait chaque recoin de cet emblème culturel. Les invités, pareils à des fantômes venus d'un autre temps, évoluaient gracieusement dans ce théâtre grandiose, dissimulant derrière leurs masques des regards emplis de curiosité et de secrets inavoués. Tout ici n'était que masques et mystères, un décor fatidique propice aux révélations troublantes et aux rencontres insolites. Les bijoux scintillants et les étoffes somptueuses se mariaient avec l'odeur subtile des parfums exquis, enveloppant chacun dans un halo de mystère.

Dans cette ambiance feutrée, où se mêlaient murmures confondants et rires discrets, Gabriel et Camille se fondirent dans la foule, tels deux ombres avides de déjouer les rouages d'une machination ancienne. Ils savaient que cette nuit allait bouleverser l'ordre établi et dévoiler les secrets enfouis depuis trop longtemps.

Alors qu'ils jouaient leur rôle avec subtilité, prêtant une oreille attentive aux conversations qui se mêlaient dans un concert irréel, une tension électrique flottait dans l'air, comme si l'Histoire toute entière retenait son souffle pour assister à l'éclatante résurgence de vérités ensevelies. Les pas cadencés des danseurs semblaient rythmer le déroulement de leur enquête nocturne, les entraînant toujours plus profondément dans un univers dont les intrications semblaient insoupçonnables.

Tandis que les violons enflammaient la soirée de leurs mélodies envoûtantes, Gabriel et Camille suivaient la piste invisible qui les conduirait au cœur même des mystères enfouis sous les fastes de l'Opéra. Le temps suspendu dans cette bulle hors du monde semblait n'appartenir qu'à eux, complices d'une mission qui les unissait au-delà des frontières du réel. Au fil des heures, la trame se tissait, mêlant les destins croisés des personnages, passés et présents, dans un tourbillon enivrant où le destin lui-même semblait se jouer des masques et dévoiler son propre visage.

Les voilà, ces masques étincelants qui dansent à travers les salons de l'Opéra, dissimulant les identités et libérant les langues. Sous ces parures flamboyantes se cachent des âmes en quête de vérité, des esprits tourmentés par les secrets du passé. Chaque mouvement, chaque geste devient une énigme à déchiffrer dans ce décor somptueux, où l'histoire semble se répéter en un écho troublant. Au milieu de cette foule fébrile, Éléonore porte le poids d'un rôle dangereux. Son masque dissimule bien plus que son visage ; il occulte les tourments d'une mission périlleuse, la responsabilité de préserver les précieuses partitions chargées de messages codés. Son regard se perd parfois, fuyant sous les déguisements chatoyants, cherchant à percer les mensonges de cette soirée de masques.

De l'autre côté du miroir, Gabriel et Camille s'affairent, cherchant les traces d'un passé enfoui, traquant les indices sous les dorures et les voiles de dentelle. Leur enquête se fond dans ce bal brillant, évoluant comme une danse envoûtante où chaque pas les rapproche de la révélation tant espérée.

Pendant ce temps, le Comte de Beaumont évolue dans la lumière, lui dont la silhouette altière réunit tous les regards. Il déploie avec grâce son charme vénéneux, cherchant à dérober davantage qu'un sourire à la belle Éléonore. Sous ses faux-semblants, la manipulation tisse sa toile, emprisonnant les cœurs dans un jeu d'apparences se muant en tragédie. Et tandis que les valseurs se lancent dans des tourbillons endiablés, Raphaël s'éclipse dans les couloirs obscurs, aveuglé par la jalousie et les manipulations qui le condamnent à trahir.

Le décor exhale une atmosphère à la fois enchanteresse et lugubre, mêlant la splendeur des parures aux murmures funestes des ambitions corrompues. Les partitions secrètes vibrent en harmonie avec les battements des cœurs, insufflant un rythme souterrain à cette farandole mondaine. Dans cet instant suspendu, entre deux époques entrelacées, les destins se façonnent et se brisent, les vérités se dissimulent et se révèlent, jusqu'à l'heure où les masques tomberont, révélant les visages héroïques et perfides qui ont écrit l'histoire durant cette nuit fatidique.

Les masques, parés de plumes et de joyaux, cachaient les visages des convives. L'Opéra scintillait de mille feux, tel un astre dans la nuit. Gabriel observait chaque danseur, cherchant désespérément des indices dissimulés derrière les rictus figés. Camille se fondait dans la foule, vigilant, prête à saisir le moindre signe. Les bruissements des étoffes rivalisaient avec les mélodies enivrantes qui s'échappaient de l'orchestre. Le jeu des apparences avait commencé.

Au milieu de cette parade éblouissante, Éléonore se déplaçait avec une grâce insaisissable. Son regard s'accrocha à celui du Comte de Beaumont, une lueur d'intérêt pernicieuse dans ses yeux. À ses côtés, Aurélien dissimulait son inquiétude derrière un sourire de circonstance, conscient des périls qui planaient sur leur mission.

Les notes codées murmuraient à leurs oreilles, révélant les secrets enfouis de l'histoire. Dans le présent, le rythme effréné des pas de Gabriel contrastait avec la langueur des valses d'antan. La recherche du coffre-fort caché se muait en une quête personnelle, une obsession lancinante. Chaque portrait ancien scruté, chaque recoin exploré était une lutte contre l'oubli, une lutte pour préserver son héritage. L'objet ancestral entre ses mains vibrait d'une aura indomptable, exhalant le parfum enivrant de l'aventure.

Tandis que la soirée se déployait, les voix susurraient des rumeurs alambiquées, désignant chacun comme traître potentiel. Raphaël, dans l'ombre, ourdissait ses propres desseins, aveuglé par la passion et la jalousie. Ses pupilles dilatées embrassaient chaque geste d'Éléonore, nourrissant sa rancune grandissante.

Sous les lustres majestueux, les destins s'imbriquaient, tissant une toile complexe de mensonges et de vérités voilées. Les deux mondes, liés par des secrets séculaires, convergeaient vers une révélation imminente, prêts à dévoiler leurs mystères. Entre les apparats chatoyants et les alliances fragiles, le jeu des apparences ne faisait que commencer, précipitant ses acteurs vers un dénouement inéluctable.

Les salons de l'Opéra résonnaient des airs envoûtants d'un passé oublié, alors que Gabriel et Camille s'enfonçaient dans les méandres d'une intrigue millénaire. Les partitions musicales dissimulaient des secrets, décryptant l'histoire à travers des notes mystérieuses. Chaque tournant

du couloir semblait fredonner une mélodie ancienne, englobant les chercheurs d'une aura envoûtante et insaisissable.

À mesure qu'ils parcouraient la salle masquée,
les ombres dansantes semblaient murmurer le
récit oublié des Desmoulins. Éléonore et Aurélien,
semblables à des figures fantomatiques, tentaient jadis de percer le voile de l'ignorance, dissimulant leurs messages au cœur même des compositions musicales. Les échos de leurs luttes historiques semblaient se fondre dans la symphonie
enchanteresse qui emplissait l'Opéra, créant ainsi
une toile invisible entre le passé glorieux et le
présent incertain.

Le défi de démêler ces partitions secrètes
représentait un défi immense pour Gabriel et
Camille. Chaque feuillet tourné, chaque note
analysée, les rapprochait un peu plus du fil ténu
de leur destin commun avec les Desmoulins.
Leurs efforts méticuleux témoignaient d'une
volonté ardente de percer le mystère, de comprendre les motivations profondes qui avaient
conduit leurs ancêtres à risquer leur vie pour
défendre une cause juste, dissimulée derrière des
variations subtiles musicale.

Le temps semblait suspendu, comme si les siècles s'étaient donné rendez-vous au bal masqué de l'Histoire pour dévoiler ses plus intimes secrets. Chaque pas sur le plancher de danse résonnait tel un battement de cœur ancestral, chaque masque dissimulait un visage qui aurait pu appartenir à un conspirateur ou à un héros intrépide. Dans cette atmosphère de mystères et d'intrigues, les pensées des enquêteurs se mêlaient aux chuchotements des partitions, créant une harmonie singulière entre la recherche de vérité et la beauté fugace de l'art.

La mission de déchiffrer ces partitions secrètes était bien plus qu'une simple quête de connaissances : c'était une tentative de replonger dans l'âme même d'une époque oubliée, de redécouvrir les idéaux enfouis sous les strates du temps. En dévoilant les secrets enchâssés dans ces lignes musicales, Gabriel et Camille prenaient part à un ballet effréné où chaque pas les rapprochait un peu plus d'une révélation bouleversante, susceptible de changer le cours de l'Histoire tout en teintant leurs vies présentes d'une aura de sainte intensité.

Les premières notes de l'orchestre emplirent la

salle de bal d'une mélodie enchanteresse, envoûtante. Les convives, drapés de somptueux atours et dissimulés derrière des masques élégants, dansaient avec grâce, tournoyaient avec légèreté au rythme lancinant de la musique. Les chandeliers étincelants projetaient des reflets dorés sur les parois lambrissées, créant une atmosphère quasi surnaturelle, irréelle. Au cœur de cette féerie, le Comte de Beaumont surgissait tel un fauve majestueux, sa prestance et son charme suscitant l'admiration envieuse des dames et la jalousie des messieurs. Son regard de velours se posa sur Éléonore, parée telle une nymphe mystérieuse. Leurs mains se rencontrèrent dans une valse envoûtante, lançant un balai de sentiments confus et troubles.

Tout en valsant, le Comte déployait tout son art de séduction, usant de paroles mielleuses pour captiver l'attention d'Éléonore. Il lui murmurait des mots suaves, distillant un trouble grandissant dans le cœur de la jeune femme. Tandis qu'ils tournoyaient, un vent de tension planait, sensible aux regards inquisiteurs et aux murmures feutrés qui commentaient cette singulière proximité. Pendant ce temps, Gabriel et Camille naviguaient habilement entre les convives, observant de près chaque échange, à l'affût du moindre indice. Leurs masques dissimulaient leur réelle identité, les propulsant dans une danse subtile où l'ombre et la lumière se mêlaient. Ils guettaient le moindre geste, la moindre inflexion de voix, conscient que l'équilibre de cette soirée pouvait à tout moment basculer dans l'intrigue et le danger.

Dans cette ambiance feutrée, Raphaël, épris d'une jalousie tenace, observait le couple avec une amertume croissante. Consumé par une folie passionnée, il était le spectateur malheureux d'un tableau qui faisait jaillir ses tourments intérieurs. Ses yeux, empreints de désirs inassouvis, suivaient chacun des pas du Comte et d'Éléonore, révélant une animosité larvée prête à éclore. Ainsi, au cœur de ces deux bals masqués, des jeux d'illusions et de séductions se dessinaient, entremêlant destins passés et présents. L'étau de l'intrigue se resserrait inexorablement autour de ces âmes tourmentées, promettant des révélations explosives et des complots qui ne demandaient qu'à éclater au grand jour.

L'Opéra regorgeait de mystères ce soir-là. Alors que le Comte de Beaumont tournoyait élégamment avec Éléonore, une tension palpable flottait dans l'air. Dans un coin obscur, Raphaël observait la scène avec des yeux emplis de jalousie. Sa silhouette se fondait dans l'ombre, mais son trouble intérieur éclipsait toute discrétion. Depuis plusieurs semaines, la présence du Comte auprès d'Éléonore avait jeté Raphaël dans un abîme de tourments. La jeune femme, dont l'éclatante beauté auréolée de mystère ne cessait de charmer les convives du bal, semblait happée par la prestance du noble. Le bal masqué offrait à chacun l'occasion de se perdre dans une illusion de liberté, mais pour Raphaël, il cristallisait les chaînes invisibles de sa passion non partagée.

Tandis que les rires et les mélodies enveloppaient l'assemblée, une sombre révélation émergeait dans l'esprit de Raphaël : le Comte connaissait-il les véritables desseins d'Éléonore au sein du cercle clandestin ? La proximité grandissante entre eux attisait les flammes de la suspicion en lui. Le ballet insouciant des danseurs devenait alors le reflet de ses tourments intérieurs, entre désir et méfiance. Incapable de dissimuler plus longtemps sa détresse, Raphaël chercha refuge dans l'obscurité d'un recoin isolé. Son regard hanté par le chagrin erra sur les fresques dorées qui ornaient les murs de l'Opéra. Des voix étouffées se mêlèrent aux accords de musique, plongeant davantage Raphaël dans un abîme de doute et de résignation.

Au coeur de ce bal palpitant, l'amertume de Raphaël cristallisait l'intrigue qui enserrait l'ensemble des convives masqués. Les ombres dansaient dans une symphonie tourmentée, reflétant les passions inavouées qui miroitaient au sein de l'Opéra. Et au milieu de ce tumulte, une révélation s'apprêtait à jaillir, plongeant l'assemblée masquée dans le clair-obscur troublant de la trahison et de la vengeance.

Alors que les violons résonnent, les salles de l'Opéra étincellent sous la lumière des lustres scintillants. Les visages masqués se croisent, tourbillonnant dans un ballet envoûtant, dissimulant secrets et convoitises. Au cœur de ce tourbillon mondain, Éléonore, parée de sa somptueuse robe d'un bleu éclatant, dégage une aura de mystère qui attire les regards. Aux côtés du Comte de Beaumont, son masque d'argile sculpté avec raffinement, elle apparaît rayonnante, mais une lueur d'inquiétude traverse par instants son regard azur.

Pendant ce temps, dans les coulisses de l'Opéra, Gabriel et Camille explorent les dédales sombres, cherchant la moindre trace du passé. À la lueur vacillante de leur flambeau, les ombres dansent sur les murs, révélant une atmosphère angoissante empreinte de mystère. Soudain, un déclic feutré retentit, annonciateur d'une découverte cruciale. Un coffre enfoui depuis des décennies repose là, témoignage silencieux des événements passés. Gabriel trace lentement du bout des doigts les arabesques ornant le loquet figé par le temps, tandis que l'écho sourd des valses lointaines emplit l'air.

Nerveusement, ils ouvrent le coffre dérobé au regard du monde, révélant des trésors enfouis, des documents jaunis par le temps, des partitions aux notes effacées et des correspondances codées. Parmi eux, un objet attire immédiatement l'attention de Gabriel : une broche en argent, ornée de symboles énigmatiques qu'il reconnaît instantanément. Dans cette obscurité impénétrable, une lumière semble percer, éclairant d'un jour nouveau la quête méticuleuse entreprise par Gabriel.

Pendant ce temps, au bal, l'ambiance s'alourdit, comme alourdie par le poids du secret. Sous son masque gracieux, Éléonore sent monter en elle une angoisse grandissante. Le Comte de Beaumont, tel un fauve à l'affût, poursuit ses galanteries feintes, jouant de son charme pour tenter de gagner la confiance de la jeune femme.

Mais déjà, les fils invisibles de la trahison se resserrent autour d'eux, menaçant de tout engloutir dans un abîme dangereux. Au fil des heures, les destins croisés de Gabriel et d'Éléonore semblent converger vers un point d'orgue inéluctable. Dans cette danse tumultueuse entre mensonges et vérités, chaque pas posé laisse entrevoir l'ombre de l'histoire, prête à se déployer dans toute sa splendeur sombre. Les masques, symboles d'une réalité distordue, cachent bien plus que de simples visages : ils dissimulent les intrications d'une trame complexe, où secrets et manipulations tissent une mélodie funeste. Et tandis que Gabriel contemple la broche héritée, Éléonore, prisonnière des convenances mondaines, découvre que la clarté dissimulée dans l'obscurité peut apporter son lot de révélations poignantes.

Dans l'atmosphère enivrante du bal masqué de

l'Opéra, Gabriel et Camille se glissèrent hors des regards curieux pour explorer la pièce où un ancêtre de Gabriel avait caché ses secrets pendant des décennies. Les chandelles vacillantes jetaient des ombres dansantes sur les murs tandis que les murmures étouffés de la musique flottaient dans l'air chargé de mystère. À mesure qu'ils avançaient, une lueur dorée se dévoilait, émanant d'un recoin oublié de la salle.

C'était le coffre dont parlaient les chroniques familiales, renfermant les réponses tant attendues. Le métal était patiné par le temps, orné de symboles anciens qui semblaient revivre à la lueur des bougies. En l'ouvrant, Gabriel découvrit un éventail de parchemins jaunis et de lettres délicatement enroulées, témoignant de la passion et de l'engagement de son ancêtre.

Parmi ces trésors poussiéreux, un objet captura immédiatement son regard : un pendentif orné d'un médaillon ciselé, jadis porté par Aurélien Desmoulins lui-même. L'éclat de l'argent contrastait avec la similitude frappante entre le visage gravé sur le médaillon et celui de Gabriel. C'est alors qu'une sensation de profonde connexion avec le passé s'empara de lui, comme si les voix anciennes murmuraient à ses oreilles et l'invitaient à percer le voile du temps.

Camille, quant à elle, ne put s'empêcher d'être captivée par une série de partitions soigneusement dissimulées au fond du coffre. Ces mélodies codées semblaient sceller un pacte secret entre les époques, chacune unissant habilement les fils du destin. Lentement, elle commença à les déchiffrer, faisant surgir la beauté et la vérité des notes entrelacées, révélant ainsi les arcanes musicaux du passé.

Alors que la nuit avançait et que le bal masqué continuait d'enchanter les invités, Gabriel et Camille s'immergèrent dans les trésors du passé, éclairant des pans oubliés de l'histoire familiale et dévoilant des secrets longtemps préservés. Chaque document, chaque relique exhalaient des parfums anciens, murmurant des récits oubliés et des vérités enfouies. Dans cette intimité voilée par l'héritage, ils retrouvèrent le fil d'une histoire aux lignes dérobées, leurs âmes vibrant au rythme des découvertes qui les rapprochaient, inexorablement, de leur destin commun.

Le coffre, tel un vestige d'un passé embrumé, émergeait lentement du sol poussiéreux. Ses contours usés racontaient l'histoire singulière d'une époque révolue, dont les mystères n'avaient pas encore livré tous leurs secrets. Gabriel s'approcha avec précaution, comme s'il redoutait de troubler l'équilibre fragile entre le passé et le présent. L'ancêtre inconnu qui avait jadis possédé ce précieux artefact semblait guider ses pas, lui conférant une mission qui dépassait sa simple quête de vérité.

Ouvrant le coffre avec une solennité presque religieuse, il découvrit un objet magnifiquement ouvragé, semblant pulsar d'une énergie longtemps enfouie. Une amulette riche en symboles, énigmatique et pourtant familière, semblait relier passé et présent dans un écheveau indissoluble. Camille observait, fascinée par la révélation de cet héritage ancestral, sentant que leur destin était désormais intimement entrelacé avec celui des protagonistes du passé. Les gravures détaillées sur l'amulette semblaient murmurer des messages codés venus d'un autre temps, appelant Gabriel à poursuivre la quête débutée par son ancêtre. Un halo de lumière dorée irradiait l'espace confiné du tunnel, comme un signe que l'héritage légué ne pouvait être ignoré plus longtemps. Le coffre refermé, l'amulette soigneusement enveloppée,

Gabriel sentait monter en lui une détermination nouvelle, mêlée à une forme d'humilité face à ce fardeau généalogique. Ensemble, ils savaient que cette relique allait sceller leur destinée à jamais.

Gabriel sentit l'étreinte glaciale du doute l'étreindre alors que ses doigts effleuraient les reliques anciennes, témoins silencieux des chemins tortueux de l'histoire. L'objet, autrefois prisé par son ancêtre Aurélien, révélait à présent des secrets enfouis dans l'ombre des siècles. Assis devant le coffre dérobé au fil du temps, Gabriel et Camille se lancèrent dans une exploration captivante, plongeant au cœur d'une énigme imprégnée de trahisons et de vengeances. Les yeux rivés sur les lambeaux parcheminés, le duo composa un écheveau complexe de vérités dissimulées et de mensonges soigneusement ficelés. Chaque objet récupéré, chaque mot décrypté, éclairait d'une lueur sombre les méandres troubles du passé. Entre les pages jaunies et cornées des journaux intimes d'Aurélien, se dessinait l'image âpre d'une trahison insoupçonnée. Le souffle étouffé par l'émotion débordante, Gabriel plongea dans les mémoires du passé, confron-

té à l'abîme tourmenté où s'entremêlaient fidél-
ité et déloyauté. Dans un ballet de révélations
glaçantes s'instaura le surgissement de la figure traîtresse, celle dont le nom, gravé dans
les archives occultées, livrait sous un jour nouveau l'inavouable perfidie. Chaque tracé, chaque
empreinte scélérate ouvrait une brèche béante
vers la conspiration ourdie jadis et les cicatrices
béantes qu'elle laissait en héritage. Sortilège d'un
passé mouvementé, la trahison inscrite dans la fibre du temps défiait avec arrogance la ligne ténue
entre loyauté et fourberie. Au détour des phrasés
énigmatiques, l'ombre grandissante d'une sentinelle perfide se matérialisa, secouant les étais de
la confiance. Les récits cryptés, les adieux déchi-
rants, tout concourait à ce tableau funeste, guidé
par la main impérieuse de la dissimulation et de
l'égarement.

Alors que Gabriel démêlait habilement l'écheveau trompeur, ses pupilles reflétaient l'âpre
désenchantement qui prenait racine au sein des
lignes entrelacées. Au fil des heures consumées
dans la quête implacable de vérités oubliées, les
visages du passé s'animèrent, scandant le ballet
fatal des illusions défuntes. En ce sanctuaire du
savoir refoulé, l'ultime pièce du puzzle, exhalant

encore le parfum capiteux des complots, remonta au jour, arrachant le voile pourpre drapant la tragédie révolue. Ainsi, l'œil scrutateur rivé sur la trahison ancestrale, Gabriel comprit alors que de ces fautes ensevelies naissait le ferment inestimable de la rédemption et de la délivrance.

6

La trahison révélée

Dans l'obscurité étroite de la chambre secrète, le grincement métallique du mécanisme du coffre-fort résonna dans l'espace confiné. Gabriel et Camille s'étaient plongés dans un silence intense, leurs esprits concentrés sur le déchiffrage de l'énigme millénaire. Les doigts agiles de Gabriel manipulaient avec précaution les cadrans anciens, tandis que Camille, armée de sa connaissance encyclopédique, éclairait chaque geste de son érudition. Chaque clic, chaque frémissement de la serrure, semblait révéler une facette nouvelle de l'histoire clandestine qui avait été scellée au fil des siècles.

Le temps semblait suspendu, leur souffle retenu par l'attente fiévreuse d'une découverte imminente. Soudain, un déclic sourd emplit la pièce, et le coffre-fort libéra finalement ses mystères cachés. À l'intérieur, des parchemins jaunis par le temps semblaient brûler d'une lumière invisible, témoins silencieux des événements révolus. Les doigts tremblants de Gabriel saisirent ces trésors d'un autre âge, déployant avec tendresse chaque feuille chargée d'histoires et de secrets.

Camille s'approcha, éclairant les écrits anciens de sa lampe à huile, révélant ainsi des inscriptions cryptiques et des dessins énigmatiques. Sous leurs yeux ébahis, les symboles gravés racontaient des légendes oubliées, des complots politiques et des trahisons inavouées. Dans ces replis de parchemin, l'histoire resplendissait dans toute sa grandeur et sa complexité, ouvrant une fenêtre sur un monde englouti par les ombres du passé.

Les heures défilèrent sans qu'ils ne s'en aperçoivent, absorbés par la richesse infinie de ces trésors anciens. Chaque mot, chaque illustration, transportait Gabriel et Camille vers un univers lointain où chaque rêve nourrissait la flamme de l'intrigue et de l'aventure. Aucune pierre n'était laissée en paix dans la structure même de leur réalité. Chaque secret découvert était un lien fragile tissé entre hier et aujourd'hui, un pont fragrant jeté entre les âges pour les conduire vers la vérité et l'accomplissement.

Ainsi, dans cet instant précieux, l'héroïque historien et la sage savante savaient que leurs destins avaient été liés à cet instant, que chaque effort, chaque sacrifice, avait atteint son apothéose dans la lueur vacillante des parchemins ancestraux. Et alors que le monde extérieur continuait à tourner, ils restaient immobiles, captifs de cette étreinte fugace qui les reliait à ce passé sept fois

millénaire et à leur mission exercée avec virtuosité.

Le cœur encore empli d'émotion face à la découverte inattendue, Gabriel et Camille contem-
plèrent avec un mélange d'appréhension et de
curiosité les précieux parchemins dévoilés par
l'ouverture du coffre, comme s'ils renfermaient
en leur sein le poids des siècles écoulés. Les
doigts tremblants, Gabriel effleura les caractères
anciens gravés dans le papier séculaire, tandis
que Camille, saisie par l'importance de cet instant, retenait son souffle. Les mots du passé
semblaient s'animer sous leurs regards, dévoilant
les secrets d'une époque troublée et les liens in-
déniables tissés entre les êtres d'autrefois et les
destins contemporains.

L'ancienne écriture évoquait les tourments
d'une famille brisée, les complots ourdis dans
l'ombre et les amours contrariées qui avaient
marqué le destin des ancêtres de Gabriel. Chaque
ligne tracée résonnait comme un écho venu du
passé, empreinte indélébile transmise à travers
les âges, suscitant chez les deux chercheurs une
profonde empathie pour les figures oubliées de

cette saga familiale.

Tandis qu'ils parcouraient ces récits dérobés au temps, une vérité implacable se dessinait sous leurs yeux ébahis, révélant l'enchevêtrement complexe des destinées croisées. Les rumeurs étouffées, les conspirations dissimulées, tout prenait forme sous la lumière vacillante de la vérité, éclairant les zones d'ombre qui avaient jalonné l'histoire des Desmoulins. Les parchemins offraient une voix aux oubliés, conférant une légitimité émouvante aux sacrifices consentis par les ancêtres, comme autant de témoignages poignants sur lesquels reposait tout l'héritage de Gabriel.

Alors que les révélations s'amoncelaient, une tension oppressante envahit la pièce, le silence devenant le complice des révélations intimes chuchotées par les écrits fatigués. Le destin des Desmoulins était scellé dans ces feuillets, porteur d'une tragédie enfouie trop longtemps sous le vernis d'une histoire biaisée. La justice refusait de cacher davantage ses errances, et l'épreuve de ce passé lointain devint le catalyseur d'une quête singulière, appelant Gabriel et Camille à reconstruire le puzzle familial, pièce par pièce, pour restaurer l'équilibre rompu par la traîtrise et l'obscurité.

Ainsi, les parchemins muets depuis tant d'années laissaient désormais échapper leurs secrets, illuminant le chemin tortueux emprunté par les aïeux de Gabriel, et consacrant l'indéfectible lien unissant les générations à travers une lutte ancestrale. Les deux chercheurs étaient désormais investis d'une mission capitale, celle de percer les mystères disparus dans les méandres du temps pour faire triompher l'honneur bafoué et exalter la mémoire d'un héritage tourmenté.

Alors que l'étau se resserrait autour de Gabriel et Camille, un événement inattendu vint perturber leur quête de vérité. Dans l'obscurité de la pièce où ils étudiaient les révélations des précieux parchemins, une silhouette surgit soudain, déchirant le silence pesant qui régnait. C'était l'héritier, celui dont la présence menaçante semblait hanter chaque recoin du destin des Desmoulins. Son regard, empreint de détermination et de convoitise, défiait les deux chercheurs figés dans l'instant. Le descendant de Beaumont s'était insinué tel un spectre vengeur au cœur même de leur quête de vérité. Une tension électrique emplissait l'air, révélant combien cette rencontre allait sceller le destin en suspens.

Gabriel, animé d'une fougue brûlante, comprit aussitôt l'importance capitale de cet affrontement silencieux. Tandis que ses doigts effleuraient les reliques du passé, il sentait monter en lui une détermination farouche à protéger la mémoire de ses ancêtres. Camille, fidèle compagne d'infortune et gardienne vigilante du savoir dissimulé, affichait une résolution indomptable, comme si elle était prête à affronter tous les périls pour préserver ce qui avait été révélé. L'héritier, impénétrable et hiératique, ne laissait rien transparaître de ses intentions, dissimulant derrière son attitude hautaine les sombres desseins qui l'animaient. Le temps semblait suspendu, comme figé dans l'attente fébrile des prochains événements.

Les documents accablants reposaient entre les mains tremblantes de Gabriel, tandis que l'ombre menaçante de l'héritier planait telle une menace imminente. Les enjeux de cette confrontation dépassaient largement les ambitions personnelles. C'était une lutte ancestrale qui prenait forme, mêlant les fils complexes du passé et du présent dans un affrontement intemporel. Les secrets ensevelis depuis des décennies étaient soudain exhumés, prêts à éclairer la vérité refoulée par les intrigues et les traîtrises d'un autre temps.

Dans les yeux de Gabriel, une étincelle de défi brillait intensément, témoin de sa volonté farouche de ne pas céder face à l'adversité. Camille, symbole de force tranquille, incarna avec une dignité sans faille la résistance obstinée contre les tourments qui se dressaient sur leur chemin. Et l'héritier, immuable gardien des sombres secrets familiaux, détenait entre ses mains avides l'avenir incertain de toutes ces vies entremêlées. La lutte pour la vérité n'était qu'à ses prémices, et chacun s'apprêtait à livrer bataille pour défendre ses convictions jusqu'au dernier souffle. Dans l'antre enfumé de l'Histoire, l'apparition de l'héritier signifiait le début d'une lutte épique où se jouerait le sort de générations entières, aux prises avec un héritage aussi glorieux que périlleux.

L'intensité de la révélation pesait lourdement sur les épaules de Gabriel et Camille. Ils savaient que chaque seconde comptait, que la moindre erreur pouvait sceller leur destin à tout jamais. Alors qu'ils plongeaient dans les méandres de ces documents accablants, une aura de détermination emplissait la pièce sombre où le passé et le présent se mêlaient dangereusement. Chaque mot, chaque symbole, chaque ligne tracée sur ces parchemins anciens dessinait un tableau ténébreux où se cachait la vérité inavouable. Les enjeux étaient bien plus élevés que ce qu'ils avaient imaginé. Le descendant de Beaumont représentait une ombre menaçante, prêt à tout pour dissimuler les secrets de sa lignée. Dans le passé, la trahison était révélée au sein du cercle, générant une avalanche de mensonges et de manœuvres perfides.

Le Comte, armé d'une autorité impitoyable, avait ordonné l'arrestation de tous les membres du groupe, condamnant des âmes innocentes à une nuit sombre et glaciale au fond des geôles de la cité. Pendant ce temps, Éléonore et Raphaël, au fil des tunnels tortueux, cherchaient désespérément un refuge où se cacher, fuyant un destin déjà scellé par leur engagement courageux.

Dans cette course effrénée pour la vérité, Gabriel et Camille se heurtèrent à l'obscurité terrifiante du pouvoir corrompu. Chaque ligne tracée sur les pétales jaunis du passé résonnait comme un murmure des âmes perdues, les guidant inexorablement vers la résolution d'un mystère perfide. Dans leur lutte pour faire éclater la vérité, ils durent affronter leurs peurs les plus profondes, bravant l'adversité d'un descendant obstiné à protéger l'héritage maudit de sa famille. La tension oppressante devenait palpable, chaque souffle étant une note discordante dans une symphonie sinistre.

Malgré les épreuves qui semblaient insurmontables, l'écho des actions passées convergeaient avec la détermination du présent. La lutte pour la vérité se reflétait dans chaque regard, chaque geste, chaque soupir. Gabriel et Camille se trouvaient au cœur d'une bataille dont l'enjeu dépassait de loin leur propre histoire. C'était une lutte pour la justice, un combat pour rendre honneur à ceux qui avaient sacrifié leur liberté pour un idéal plus noble. Et dans cette lutte sans merci, l'espoir vacillant de victoire continuait de brûler, tel un phare dans l'obscurité tourmentée de l'humanité.

Les membres du cercle clandestin étaient réunis dans la bibliothèque secrète, éclairée par une faible lueur provenant des chandelles. Une atmosphère empreinte de mystère et d'appréhension flottait dans l'air alors que chacun scrutait les parchemins récemment découverts. Les visages étaient tendus, les regards fuyants. Aurélien, d'ordinaire si confiant, semblait profondément troublé.

Gabriel, accompagné de Camille, étudiait avec une attention fiévreuse les documents exhumés du coffre-fort. Des écrits séculaires livraient des secrets inimaginables. Les mots inscrits sur le vieux parchemin semblaient rejaillir comme des éclairs foudroyants, brisant les certitudes anciennes pour laisser place à la vérité brutale. Tandis que la tension montait, une silhouette sombre se dessina soudain dans l'encadrement de la porte. Le descendant de Beaumont, le visage tordu par la cupidité, fit irruption dans la pièce, aspirant tout l'oxygène disponible. Son regard avide glissa sur les précieux documents puis se figea sur Gabriel, étincelant d'une haine farouche.

Un silence pesant s'installa, seulement interrompu par le crépitement des chandelles. La révélation de la traîtrise au sein du cercle ne pouvait être ignorée plus longtemps. Chacun réalisait désormais qu'il y avait un traître parmi eux, prêt à tout pour servir ses propres intérêts. La confiance, si longtemps présente entre les membres, avait volé en éclats. Les murmures et les regards accusateurs envahirent la pièce. Les alliances se dissolvaient, remplacées par une méfiance palpable. Pendant ce temps, dans le passé, le Comte de Beaumont passa secrètement un décret à ses sbires, ordonnant l'arrestation immédiate de tous les membres du cercle. Le chaos régna alors que les forces de l'ordre pénétrèrent dans la bibliothèque secrète, mettant fin brutalement aux espoirs de liberté et de révolution des membres du cercle. Éléonore et Raphaël, pris au piège de cette impitoyable machination, comprirent qu'ils devaient trouver refuge dans les tréfonds obscurs du tunnel souterrain. Leurs pas résonnèrent dans les dédales tortueux alors qu'ils luttaient pour préserver leur liberté, leur vie même. La trahison venait de produire ses funestes fruits, plongeant le cercle clandestin dans une tourmente sans précédent.

Le jour de gloire allait céder la place aux ténèbres. Le Comte, enragé par la trahison dans son cercle intime, érigea un décret sinistre qui scellerait le sort des transgresseurs. Sa silhouette sombre arpenta le manoir ancestral, sa cape flottant tel un spectre maudit. Les couloirs résonnaient de ses pas lourds, comme une funeste symphonie annonçant le châtiment à venir.

Les parchemins anciens étaient muets face à la colère incommensurable du Comte, mais ses yeux ardents et perçants brûlaient chaque ligne de loyauté bafouée. Les flammes de la bougie dansaient avec inquiétude, captives de l'orage intérieur du Comte. Soudain, épris d'une furie incontrôlable, il brandit le décret devant ses fidèles serviteurs, tandis que la lueur du brasero révélait les pleins et les déliés de l'écriture draconienne. Imposant silence et terreur, le décret promulguait l'arrestation immédiate de tous les membres accusés de conspiration contre son honneur et celui de la noble lignée de Beaumont. La sentence était claire comme le cristal, sans appel ni pitié : emprisonnement à perpétuité dans les geôles froides et humides du manoir.

Aucune faille ne serait tolérée, aucun repentir n'adoucirait la sentence. Les airs se chargèrent soudainement d'électricité oppressante alors que le décret s'abattait tel le couperet de la justice séculaire. Les murmures étouffés, les regards furtifs, tout témoignait de la déflagration imminente. Les factions se dessinaient, les alliances se brisaient, et l'ombre noire de la trahison enveloppait le manoir ancestral de Beaumont. Pendant ce temps, l'incertitude étreignait Éléonore et Raphaël, contraints à la fuite pour échapper à l'implacable courroux du Comte. Dans l'obscurité effrayante des souterrains de Paris, ils devraient affronter leurs propres démons, leurs propres choix, pour espérer un avenir défiant l'inexorable chute. Et au-dessus d'eux, les échos menaçants du décret résonnaient dans leur exil, les condamnant à jamais dans le souffle glacial de la trahison.

Le calme des sous-sols de Paris constitue le théâtre silencieux de la fuite d'Éléonore et de Raphaël. Leur souffle court, leur palpitation effrénée, rythment cette course éperdue vers un refuge incertain. Dans l'obscurité oppressante du tunnel, où seul le murmure de leurs pas ternit le silence, ils cherchent désespérément un asile face à la traque implacable du Comte de Beaumont. Les ombres menaçantes, conjuguées à l'écho lancinant de leurs poursuivants, rappellent aux deux fuyards l'ampleur de leur péril.

Éléonore, incarnation de la détermination fémi-nine, guide Raphaël à travers les dédales souter-rains avec une assurance digne des héroïnes de tragédies antiques. Malgré sa jeunesse, elle se montre intrépide, prête à tout pour préserver l'héritage clandestin de son frère et elle-même.

Cependant, la noirceur des ténèbres révèle également les fissures qui s'insinuent dans leur confiance mutuelle. Les regards éperdus qu'ils s'échangent trahissent une anxiété grandissante, inexorablement nourrie par chaque écho sin-istre venu de l'arrière ou de l'avant, signe de l'inexorable embuscade qui les attend. La sen-sation glaciale du sol humide sous leurs pieds nus, le parfum musqué des passages oubliés où séjournent les fantômes du passé, tout con-court à plonger nos deux fugitifs dans une transe presque surréaliste. Chaque battement de cœur semble sonner le glas d'une liberté déjà con-damnée, tandis que la lisière indistincte entre l'es-poir et le désespoir omniprésents se matérialise dans l'obscurité étouffante.

Et pourtant, au-delà de la lassitude qui alourdit leurs membres, chaque pas devient le symbole même de leur combat acharné pour la survie. Car dans ce dédale infernal, empreint de l'odeur acre du temps qui passe et de l'encre des secrets inavoués, ils portent avec eux non seulement le souvenir des patriotes injustement bannis, mais encore l'éclat fragile d'un idéal poursuivi, pierre angulaire de leur quête. Ainsi, dans l'agonie de leur fuite, alors que la lumière vacillante d'une issue lointaine titille leurs espoirs, Éléonore et Raphaël transcendent leur peur et puisent au plus profond d'eux-mêmes une force insoupçonnée, alimentée par la mémoire féconde des héros tombés et des légendes à écrire. Leurs pas pressés et réguliers, bien que trahissant l'urgence d'une échappée vitale, résument à eux seuls la détermination farouche qui habite leurs âmes tremblantes. Et, tandis que les murs suintent leurs secrets intangibles et énigmatiques, nos fugitifs avancent, porteurs d'un espoir que rien, ni personne, ne pourra ravir.

Alors que la trahison se révélait brusquement au sein du cercle clandestin, Éléonore et Raphaël furent forcés de trouver refuge dans le dédale des tunnels de Paris. La lueur chancelante d'une chandelle leur révélait un avenir incertain, mais ils savaient qu'ils devaient garder espoir malgré l'oppression qui pesait sur leurs épaules. Les murs humides semblaient murmurer des histoires anciennes, à demi effacées par les siècles écoulés. Tout en avançant, le cliquetis entêtant de leurs talons résonnait, amplifié par le silence oppressant des lieux. Chaque écho semblait pointer vers le passé et résonner dans le présent, rappelant aux fugitifs leur quête de justice. La peur ne faisait que les rendre plus déterminés à sauvegarder les secrets dissimulés sous les pavés de la Ville Lumière.

Tout à coup, une ombre surgit devant eux, projetée par une cavité sombre nichée au creux d'un coude du tunnel. Éléonore retint son souffle, incertaine de l'origine de cette silhouette menaçante. Les secondes s'étirèrent comme des heures dans l'obscurité tourmentée, jusqu'à ce que Raphaël reconnût un visage familier. C'était le gardien des lieux, un compagnon fidèle du cercle depuis des années, dont la loyauté était indéniable. Il les conduisit alors vers un sanctuaire secret caché au cœur des entrailles de Paris, un lieu où l'espoir pouvait s'épanouir à l'abri des regards perfides.

Là, recroquevillés autour d'un modeste foyer, Éléonore et Raphaël partagèrent leurs craintes, mais aussi leurs rêves de liberté. La flamme vacillante dansait sur les murs humides, modelant des reflets fugaces qui semblaient susurrer des promesses d'un avenir meilleur. Dans ce refuge inattendu, éclairé par des connaissances interdites, ils étaient confrontés au dilemme de la confiance : devaient-ils partager ces découvertes capitales avec un allié extérieur, au risque de compromettre leur sécurité ? Pourtant, chacun savait que pour triompher, ils devraient s'appuyer sur des âmes courageuses, prêtes à défendre la vérité contre l'avarice des structures de pouvoir établies.

Au fil des jours passés dans cet antre caché, Éléonore et Raphaël forgèrent une alliance méritant l'éternité. Leurs esprits se nourrissaient des écrits et des enseignements donnés par ceux qui avaient lutté avant eux pour la justice et la lumière. L'aspiration à restaurer l'honneur des innocents injustement condamnés grandissait en eux, galvanisant leurs cœurs meurtris par la trahison. Chaque instant vécu dans ces voûtes ténébreuses renforçait leur résolution, les rapprochant d'un dénouement avec lequel la vérité triompherait des artifices malveillants semés par ceux ayant pactisé avec l'avidité et le mensonge.

Mais, l'ombre menaçante du Comte de Beaumont planait toujours au-dessus d'eux, les contraignant à agir avec prudence et discernement, car l'avenir de tous reposait entre leurs mains.

Les documents accablants découverts par Gabriel et Camille les plongèrent dans un abîme de doute. Les preuves révélaient des secrets longtemps enfouis, jetant une lumière sinistre sur des personnalités autrefois vénérées. Face à cette impitoyable vérité, l'essence même de leur foi en l'héritage familial se trouvait ébranlée. Alors que le descendant de Beaumont surgit avec la ferme intention de s'emparer des précieuses révélations, une tension palpable emplit la pièce. Les deux chercheurs se retrouvèrent face à un choix crucial : livrer les preuves à la justice ou les dissimuler pour protéger l'intégrité de leur nom et la paix fragile dans laquelle ils avaient évolué jusqu'alors. Le poids de leur décision cristallisait des siècles d'honneur et de tradition, mais aussi leur confiance intrinsèque envers ceux qui les avaient précédés. Pendant ce temps, dans les méandres du passé, au sein du cercle clandestin, le voile de la trahison était déchiré.

Les regards s'étaient transformés en soupçons, les allégeances étaient remises en question, et une ombre de méfiance planait sur chaque mot prononcé.

Le Comte de Beaumont, mû par l'orgueil et la colère, ordonna l'arrestation sans merci de tous ses compagnons de jadis. Dans l'urgence, Éléonore et Raphaël furent contraints de fuir vers l'obscurité salvatrice du tunnel, où leurs respirations haletantes se mêlaient au silence de la pierre millénaire.

De retour dans le présent, l'écho des pas du descendant de Beaumont résonnait dans la pièce, mettant à l'épreuve la détermination de Gabriel et Camille. Aux prises avec l'héritage troublant qui leur était révélé, ils étaient confrontés à l'instant le plus critique de leur quête. La tension s'amplifiait alors que chacun hésitait entre la loyauté envers l'histoire familiale et la désillusion face à une réalité insoupçonnée. L'enjeu dépassait le simple destin de quelques individus ; il menaçait de compromettre la légitimité d'une lignée tout entière, sauvagement ébranlée par l'impact irréversible des secrets dévoilés.

Depuis que Gabriel et Camille avaient mis la main sur les documents compromettants cachés dans le mystérieux coffre-fort, une tension palpable planait dans l'air. Les parchemins révélaient des secrets qui ébranlaient les fondations même de l'Opéra de Paris, jetant une lumière sinistre sur des machinations occultes et des trahisons inimaginables. Pendant des jours, les deux complices avaient étudié les écrits anciens avec une attention méticuleuse, mettant bout à bout les pièces d'un puzzle diabolique. Chaque mot, chaque symbole semblait détenir un pouvoir mystique, comme s'ils étaient les témoins silencieux d'une histoire longtemps oubliée.

C'est dans cet état d'investigation frénétique que le descendant de Beaumont fit son apparition, tel un spectre venu revendiquer sa part d'un héritage maudit. Sa présence était l'incarnation de la menace, un rappel cruel que le passé pouvait surgir pour hanter le présent. Il scrutait les découvertes de Gabriel et Camille avec une convoitise sans limite, déterminé à effacer toute trace compromettante. Une confrontation inévitable se dessinait, entre le gardien zélé des secrets familiaux et les défenseurs de la vérité.

Pendant ce temps, dans les entrailles de

l'Opéra, le récit du passé se poursuivait de façon tout aussi dramatique. Le Comte, avide de vengeance, avait déclenché une chasse impitoyable à l'encontre des membres du cercle clandestin. Les arrestations pleuvaient tel un orage dévastateur, emportant avec elles les espoirs et les rêves de ceux qui osaient défier l'ordre établi. Éléonore et Raphaël, cernés par les ombres de la trahison, trouvèrent refuge dans les recoins oubliés d'un tunnel antique, prêts à tout pour échapper à leur funeste destin.

Ainsi, le destin entrelaçait les fils du passé et du présent, tissant une trame complexe où chaque révélation nourrissait le suspense. À chaque découverte de Gabriel et Camille faisait écho un retentissement dans les profondeurs du vieux théâtre, résonnant comme le cri désespéré de ceux qui avaient été broyés par l'implacable rouage de l'histoire. Face à face avec le passé, l'avenir semblait suspendu dans une tension insoutenable, un instant crucial où les héros modernes devaient affronter les fantômes de leurs aïeuls pour percer les ténèbres et restaurer l'honneur des déchus.

7

La course contre la montre

Les pas précipités de Gabriel et Camille résonnaient dans les ruelles tortueuses de la vieille ville, accompagnés par le rythme effréné de leurs cœurs. Les ombres de la nuit se refermaient sur eux, semblant leur barrer toute issue. Dans ce labyrinthe d'obscurité, chaque rue embrassait son cortège de mystères millénaires, exhalant l'âme tourmentée des siècles révolus.

Pourchassés sous la lune argentée, les deux complices cherchaient frénétiquement refuge et réponse aux questions lancinantes qui hantaient leur esprit. Les murmures du passé semblaient se mêler au souffle du vent, confondant les limites entre le présent et l'Histoire.

En des temps anciens, Aurélien, Éléonore et Raphaël avaient partagé cette même fuite désespérée, traqués tels des fugitifs dans les méandres souterrains de Paris. L'étreinte angoissante du danger semblait tisser un lien invisible entre les époques, entrelaçant les destinées avec une implacable férocité. Alors que les tumultes des ruelles semblaient dissimuler un passé trouble et une menace imminente, Gabriel et Camille pressentaient que leurs découvertes dérangeantes avaient éveillé des forces maléfiques, prêtes à tout pour préserver leur sombre secret. Chaque document analysé n'avait fait qu'attiser les braises d'un scandale financier oublié, transformant les parchemins jaunis en témoins muets d'une vérité insoutenable.

Sous la lumière spectrale de la lune, ils devinaient la silhouette menaçante d'un ennemi invisible, orchestrant leur traque avec une cruauté savamment dissimulée dans l'ombre. Les échos du passé semblaient résonner dans chaque pas, rappelant que rien n'était jamais enterré définitivement dans les tréfonds de l'Histoire.

Tandis que la peur irradiait des ruelles désertes, un sentiment de détermination farouche anima soudain le regard de Gabriel. La perspicacité d'Aurélien semblait habiter ses gestes, insufflant une forme d'héroïsme inattendu à ses actions. Les heures à décrypter les codes obscurs semblaient prendre tout leur sens dans cette course contre-la-montre, où la vérité était la seule lueur à poursuivre. Ils savaient que la nuit serait longue, parsemée d'embûches et de pièges tendus par une main insaisissable. Pourtant, l'éclat déterminé de leurs yeux reflétait la promesse silencieuse de ne pas fléchir devant l'adversité, de poursuivre coûte que coûte leur quête éperdue de justice. Car, en cette nuit où tout bascule, une simple lueur d'espoir pouvait illuminer l'obscurité ambiante, transformant la traque en une épique quête pour rétablir la vérité et l'honneur bafoué des ancêtres.

Le sombre dédale des couloirs souterrains semblait se refermer sur Gabriel et Camille alors qu'ils s'élançaient dans l'obscurité oppressante. Leurs pas résonnaient comme le battement accéléré d'un cœur éperdu, leur souffle haletant trahissant la terreur qui les étreignait. Les flammes des torches vacillaient, projetant des ombres mouvantes sur les parois humides, transformant chaque recoin en un piège imminent.

Dans cette course désespérée, les pensées de Gabriel voguaient entre passé et présent, entre les mystères du XIXe siècle et les périls actuels qui menaçaient leur existence. Était-ce le destin qui les avait conduits dans ces profondeurs souterraines, ou bien une force plus sinistre encore, ourdissant ses desseins ténébreux depuis des siècles ? Soudain, un grondement lointain résonna dans le labyrinthe, amplifiant leur angoisse.

La menace planait, semblable à un spectre impalpable mais oppressant, prêt à se matérialiser dans chaque recoin obscur. Chaque pas devenait une lutte contre l'oubli, une épreuve pour préserver leur souffle tandis que la nuit engloutissait leurs silhouettes fuyantes. Dans ces ténèbres étouffantes, leur présence semblait insignifiante, noyée dans les entrailles de la terre, telle une note perdue dans une symphonie chaotique.

Le souvenir des protagonistes du XIXe siècle, poursuivis à travers les mêmes voûtes ancestrales, traversa l'esprit de Gabriel. Aurélien, Éléonore et Raphaël, jadis confrontés à la même traque implacable orchestrée par le Comte de Beaumont, semblaient partager avec eux ce destin funeste. Les échos du passé semblaient vibrer entre les murs de pierre, porteurs de secrets inavouables et de conspirations perfides, témoins muets des luttes passées. Alors que la proximité des ténèbres menaçait de les engloutir, une lueur d'espoir émergea dans l'esprit de Gabriel. Il se remémora les documents qu'ils avaient découverts, ces précieuses pièces du puzzle ancien, et un éclair de lucidité illumina son regard. S'ils parvenaient à déchiffrer le code dissimulé dans ces pages jaunies par le temps, peut-être trouveraient-ils la clef pour déjouer le complot séculaire qui les enserrait. Une résolution farouche anima alors leur fuite, comme une offrande à la clarté naissante qui scellerait leur salut. Car, sous la lune pâle, ils étaient bien décidés à défier les ombres qui les pourchassaient, à exalter leur courage face à l'implacable noirceur.

Les pas résonnent dans les couloirs sombres et humides, où chaque ombre semble dissimuler un mystère millénaire. Les flammèches vacillantes des torches soulignent l'architecture oubliée, révélant des fresques anciennes et des gravures mystérieuses. Gabriel et Camille avancent avec précaution, leurs pas résonnant comme un écho des siècles passés.

Sous la voûte de pierre, les murmures du passé semblent s'amplifier, évoquant des secrets enfouis depuis trop longtemps. La lueur des torches projette des silhouettes mouvantes, découpant les murs de leur présence fugace. Chaque recoin semble abriter un trésor occulte, une vérité insaisissable qui se joue des intrépides chercheurs. Une aura d'ancienneté plane dans l'air, mêlée à une menace sourde palpable. Les légers courants d'air transportent des échos lointains et des chuchotements indistincts, comme si les murs eux-mêmes murmuraient des récits oubliés. L'intrigue se noue dans les dédales obscurs, tandis que le présent se heurte aux vestiges d'un passé troublant.

Les document manuscrits en main, Gabriel et Camille tentent de décrypter les indices dissimulés dans les textes anciens. Chaque parchemin semble renfermer une part de vérité, mais aussi un piège potentiel. Les mots s'entremêlent dans un ballet inquiétant, dessinant le portrait d'une conspiration financière liée au XIXe siècle. Tandis que la lumière des torches vacille, les soupçons grandissent et se confondent avec les menaces du présent. La réalité et l'histoire s'entremêlent dans une danse macabre, livrant un combat sans merci contre l'ombre du complot qui plane sur ces vénérables murs. Dans ce labyrinthe de connaissances oubliées, chaque pas résonne comme un défi lancé à l'obscurité qui tente de dissimuler la vérité. Entre les spectres du passé et les menaces du présent, Gabriel et Camille poursuivent leur quête, déterminés à briser le silence séculaire et à révéler la face cachée de l'histoire.

Alors que la lueur des torches vacille dans les couloirs tortueux, Gabriel et Camille se retrouvent piégés dans un dédale de secrets anciens. Les spectres du passé semblent murmurer à travers les murs de pierre, évoquant des complots indicibles et des destinées funestes. Chaque craquement de plancher résonne comme un avertissement, rappelant aux intrépides chercheurs que le danger rôde à chaque tournant.

Pendant ce temps, dans une Paris en proie à l'obscurité, le descendant de Beaumont manigance avec une froide détermination. Son regard impitoyable trahit ses sinistres desseins, et il semble prêt à tout pour maintenir les secrets enfouis dans les limbes du temps. Telle une ombre vengeresse, il projette sa menace sur l'innocente Camille, mettant en péril non seulement sa vie, mais aussi la vérité longtemps dissimulée.

Tandis que les protagonistes du XIXe siècle affrontent leur propre traque sous les pavés de la Ville Lumière, le destin semble les inciter à revivre les tourments ancestraux, comme si le passé et le présent n'étaient qu'un écho mêlé d'intrigues et de périls inextricables. Les pages jaunies des documents anciens exhument graduellement les ramifications d'un scandale financier d'une ampleur insoupçonnée, conférant une aura démoniaque à cet héritage maudit.

De tout cela, Gabriel perçoit l'embrasement d'un brasier millénaire, s'efforçant de relier les pièces éparses de l'infernale machination. Traversant des cryptes oubliées et frôlant les mystères enfouis, il avance tel un phénix englouti par les flammes de la passion et de la découverte. Car, au milieu des ténèbres, l'espoir d'exhumer la vérité résiste, tel un fragile flambeau guidant les pas des cœurs vaillants, prêts à affronter l'obscurité pour restaurer l'éclat de la justice.

La tension était palpable dans l'atmosphère confinée des souterrains, où le temps semblait suspendu, teinté d'une angoisse oppressante. Gabriel et Camille se pressaient contre les parois froides, leur respiration saccadée résonnant dans l'obscurité. Chaque instant pesait comme une éternité, alors qu'ils poursuivaient leur course haletante à travers les dédales de pierre qui murmuraient des échos de secrets enfouis. Dans ce labyrinthe souterrain, les parchemins jaunis exhalaient un parfum de poussière et de mystère. Alors que leurs mains tremblaient en les manipulant avec précaution, les mots cryptiques semblaient frémir sous leurs doigts. Chaque parole ancienne dissimulait un univers inexploré, un passé tortueux tapi dans l'ombre, attendant d'être dévoilé.

Le claquement de leurs pas résonnait comme un battement de cœur dans cette enceinte ancestrale, porteuse des chuchotements des siècles passés. Chaque ligne tracée par une plume lointaine semblait frissonner d'une urgence impérieuse, appelant à être entendue, déchiffrée, comprise. Les voix du passé semblaient s'élever lentement des pages jaunies, comme pour narrer les événements épars, tisser les fils du destin, dévoiler les mensonges entrelacés au fil des temps.

Le feu des bougies vacillait, projetant des ombres dansantes sur les écrits conservés dans les recoins oubliés de cet univers souterrain. Chaque mot, chaque symbole, chaque dessin prenait vie sous la lueur vacillante, vibrant de son propre récit, offrant aux chercheurs assoiffés d'histoire une parcelle de la vérité dissimulée. Le savoir ancestral semblait murmurer à leurs oreilles, révélant des vérités insoupçonnées, des complots ourdis loin des regards indiscrets. Les cœurs battaient à l'unisson avec les rouages du temps, tandis que des révélations redessinaient l'histoire, éclairaient des zones d'ombres trop longtemps préservées. Chaque découverte semblait éclairer un pan d'existence jusque-là méconnu, effacer les frontières entre les époques, unissant le passé au présent dans une danse envoûtante, révélant l'héritage enfoui, laissant deviner un avenir à bâtir sur les fondations chancelantes du passé.

Dans cette course contre-la-montre, Gabriel et Camille se retrouvent plongés dans un océan de documents anciens. Chaque parchemin semble renfermer les murmures de l'histoire, une histoire qui se crispe à travers les lignes du temps pour trouver enfin son écho dans le présent. Les pages jaunies exhument les secrets enfouis, et chaque vérité met à nu les mensonges séculaires. Leur quête devient une danse aux pas incertains entre les bibliothèques poussiéreuses et les caves mystérieuses. Ils déchiffrent des correspondances codées, retracent des flux financiers dissimulés, et un schéma d'avidité et de trahison se dessine progressivement sous leurs yeux ébahis. Chaque découverte les rapproche un peu plus de la vérité, mais aussi du danger insidieux.

Blottis dans ces recoins obscurs, Aurélien, Éléonore, et Raphaël semblent revivre leur fuite désespérée à travers les souterrains de la Ville Lumière. Une poursuite funeste les propulse dans une réalité marquée par la terreur et l'ombre. Le Comte, incarnation de la menace et de la férocité, les épie avec une détermination glaciale. Leurs pas résonnent dans les tunnels comme ceux d'une farandole mortuaire, et leur souffle s'accorde au tempo oppressant de l'urgence et de l'oppression.

Les ombres qui s'étirent sur les murs paraissent chuchoter des avertissements muets, presque des imprécations vertigineuses. La lueur vacillante de la bougie dévoile l'encre fraîche des écrits maudits, tandis que le descendant de Beaumont manigance sournoisement dans l'obscurité du présent. Son ombre se profile menaçante sur le destin de nos protagonistes, transformant leur quête en une lutte à mort face à un ennemi implacable.

Gabriel et Camille, entre énigmes et périls, gravent leur nom dans l'épopée tumultueuse des siècles. Leurs esprits embrasés par la soif d'authenticité, ils ouvrent les portes verrouillées du passé pour libérer les éclats de vérité dissimulée. Chaque symbole décrypté, chaque énigme élucidée témoigne de leur détermination sans faille à défricher les méandres de l'intrigue. Et dans cette traque effrénée, le destin semble tendre ses fils invisibles pour tisser un réseau d'intrigues et de périls où les êtres d'hier et d'aujourd'hui s'entremêlent dans une chorégraphie infernale.

Les lueurs des torches dansantes projetaient des ombres erratiques sur les murs de pierre humide, tandis que Gabriel et Camille s'enfonçaient toujours plus loin dans les entrailles secrètes de la ville. Chaque pas résonnait comme un écho funeste dans ces tunnels mystérieux, témoins silencieux de tant d'histoires enfouies. La sueur perlait sur les fronts des deux compagnons, leur imminente capture pesant tel un carcan sur leurs épaules. L'urgence les pressait de trouver la clé pour dénouer l'écheveau de mystères qui les enfermait dans une valse macabre entre le passé et le présent.

La grisaille des murs était ponctuée par les indices qu'ils exhumaient avec fébrilité, telle une macabre chasse au trésor. Les souvenirs d'Aurélien, Éléonore et Raphaël semblaient respirer à travers chaque relique déterrée. La poussière des siècles disparus planait dans l'air épais, créant une atmosphère presque surnaturelle, propice à conférer aux moindres objets trouvés une aura de sinistre prophétie. Leurs doigts parcouraient les documents jaunis, déchiffrant les mots écrits par des plumes englouties par le temps, libérant la lumière des révélations dissimulées. Pourtant, l'ombre menaçante du descendant de Beaumont planait insidieusement sur leur lutte.

Tel un spectre vengeur, il manoeuvrait dans l'obscurité pour rompre leur volonté et effacer toute trace de la vérité révélée. Ses sinistres machinations étreignaient le destin de Camille, menaçant de rompre le fragile équilibre entre le salut et le néant. Chaque instant passé dans ce monde souterrain semblait être une course folle contre un piège invisible qui s'efforçait de les entraîner vers un abîme sans fond. Les murmures du passé résonnaient dans chaque frémissement du vent froid, rappelant à Gabriel et Camille qu'ils n'étaient que des maillons fugaces dans une chaîne séculaire. Leurs esprits embrasés par la passion de la découverte gravissaient les échelons abrupts du savoir oublié, tandis que leurs coeurs battaient au rythme angoissé de cette danse macabre en terre sacrée. À chaque avancée, ils sentaient davantage le poids de l'Histoire leur peser sur les épaules, et pourtant, leurs pas ne faiblissaient pas devant l'adversité, armés de l'espoir insubmersible qui brûlait dans leurs yeux, fiers héritiers de la flamme des rebelles d'autrefois.

Les ombres des couloirs souterrains semblent s'épaissir, comme pour mieux engloutir les fugitifs qui s'y engouffrent. Gabriel et Camille, tandis qu'ils examinent fébrilement les documents anciens à la lueur vacillante d'une bougie, ressentent le poids des siècles peser sur leurs épaules. Chaque instant étiré semble les enfoncer davantage dans un avenir incertain, où la menace rôde tel un prédateur insatiable. Les anciens papiers exhalent une odeur moite de secrets enfouis, révélant graduellement le vernis calciné des vérités occultées.

Pendant ce temps, dans les dédales putrides du passé, Aurélien, Éléonore et Raphaël esquivent les griffes acérées du Comte, dont les pas lourds résonnent tels des échos funestes. Leurs ombres dansent au rythme des flammes chancelantes des torches, dessinant une valse macabre sous les voûtes humides. Chaque pas, chaque battement de cœur, se confond avec le soupir des pierres séculaires, tissant ainsi une toile d'effroi et d'espoir mêlés.

Tandis que les vapeurs malodorantes des siècles passés s'entremêlent avec les menaces venimeuses du descendant de Beaumont, une atmosphère étouffante s'installe, opprimant les deux époques d'un même poids. Les interrogations se bousculent, emplissant l'air saturé de billets sombres et de mascarades sinistres. Chaque mot découvert dans les archives met en lumière une facette de plus en plus obscure de la machination vénéneuse tramée depuis des générations. Pourtant, dans l'ombre grandissante de cette nuit sans fin, l'espoir demeure, frêle mais tenace, tel un rai de lune perçant les nuages orageux. Alors que le piège se referme doucement et que la liberté s'évapore tel un mirage insaisissable, la résilience trouve sa voix dans les battements affolés des cœurs, vibrant à l'unisson des pulsations inquiètes de Paris. Chaque instant précipite le destin inexorable vers un dénouement intemporel, où le passé et le présent s'entrelacent pour mieux s'embraser dans un acte final dont nul ne peut prédire l'issue.

À mesure que Gabriel et Camille progressaient dans les couloirs sombres et tortueux, une angoisse grandissante s'emparait d'eux. La lueur vacillante de leurs lampes de poche semblait se heurter à une force obscure, comme si les ténèbres tentaient de les envelopper. Chaque pas résonnait tel un écho sinistre dans ce dédale souterrain, et le souffle haletant du danger se faisait sentir dans l'air chargé de mystère. Les documents qu'ils avaient découverts avaient ouvert la boîte de Pandore des intrigues financières, révélant un scandale lié aux manipulations occultes remontant au XIXe siècle. Les preuves accumulées pointaient vers une vérité aussi inattendue que dérangeante, nourrissant la flamme de la curiosité de Gabriel, mais également attisant les flammes de la vindicte cachée.

Pendant ce temps, dans un jeu machiavélique orchestré par le descendant de Beaumont, la vie de Camille était mise en péril. L'ombre du chantage planait, menaçante, comme une funeste prophétie prête à s'accomplir. Le fil fragile qui les reliait tous deux à la lumière du jour semblait prêt à se rompre, laissant place à une obscurité impitoyable.

Tandis que le passé et le présent se mêlaient dans un ballet inextricable, de sourdes pulsions révélaient la dualité de l'être humain : entre la soif insatiable de vérité et la terreur ancestrale de l'inconnu. Les secrets et les mensonges, enfouis sous des strates de temps, émergeaient tels des spectres assoiffés de rétribution. Le chantage aux confins de la lumière cristallisait ainsi l'ultime combat entre le courage et la lâcheté, entre la volonté d'éclairer les ténèbres du passé et la menace trouble du silence éternel.

Les échos des vies passées marquaient le sentier de leur présence indélébile, alors que le destin se jouait de ces âmes en quête de justice. Au cœur de cette lutte acharnée pour la vérité et la survie, Gabriel et Camille devaient puiser au plus profond de leur courage pour affronter le chantage exerçant une emprise diabolique sur leur destin. Car dans l'obscurité, seule la lueur de l'intégrité morale pouvait dissiper les ombres de la compromission. Leur aventure, façonnée par les intrications temporelles et les périls contemporains, allait atteindre son apogée dans un face-à-face avec les forces obscures, défiant l'ultimatum silencieux qui pesait sur eux.

Des hurlements sourds résonnaient dans les couloirs, tandis que Gabriel et Camille se frayaient un chemin à travers les ombres oppressantes des souterrains de l'Opéra. Chaque pas résonnait comme un écho funeste, les rapprochant inexorablement d'un destin incertain. Les flammes vacillantes des torches révélaient furtivement les fresques anciennes sur les murs, témoins muets des conspirations perpétrées au fil des siècles.

À mesure qu'ils déchiffraient les documents en leur possession, une vérité amère se dessinait : un scandale financier insidieusement lié aux événements du XIXe siècle était sur le point d'être révélé. Les pages jaunies des journaux intimes laissaient entrevoir les ramifications sombres d'une machination séculaire, entrelaçant le destin de leurs ancêtres avec celui des hommes influents d'aujourd'hui.

Pendant ce temps, dans un ballet macabre sous la capitale endormie, les spectres insaisissables du passé ressuscitaient. Aurélien, Éléonore et Raphaël étaient pourchassés tels des fugitifs par le Comte de Beaumont lui-même. Leurs silhouettes effrayées divaguaient dans les dédales obscurs, au rythme haletant de la peur tenace s'agrippant à leurs cœurs. Toutefois, le présent n'était pas exempt de son lot de périls. Le descendant de Beaumont, par son chantage implacable, menaçait la vie de Camille, faisant peser sur Gabriel un ultimatum déchirant : se taire ou voir son alliée subir un sort funeste.

Face à cet ultimatum silencieux, une tension électrique saturait l'air vicié des catacombes. Les ténèbres semblaient se refermer sur nos héros, les enfermant dans un étau mortel où chaque pensée, chaque geste, revêtait une importance vitale. L'inexorable course contre-la-montre prenait des allures tragiques, comme si le temps, complice des complots ourdis, s'était figé dans une mise en scène macabre. Ainsi, dans l'écho étouffé des ultimatums et des secrets millénaires, se jouait un duel entre héritages maudits et destinées entremêlées.

Tandis que les tisons mourants des torches projetaient des ombres dansantes, chacun des protagonistes était confronté à une sombre épreuve

- celle de choisir entre la résignation et la lutte, entre le silence et la révélation. Et dans ce bras de fer implacable entre le passé et le présent, entre la lumière vacillante et l'obscurité menaçante, se dessinait l'épopée maudite et magnifique de ceux qui osaient défier les chaînes du temps pour mettre au jour la vérité enfouie depuis si longtemps.

8
L'héritage d'Aurélien

Dans la pénombre envoûtante de la bibliothèque secrète, Gabriel découvre des correspondances bouleversantes qui illuminent son lien
avec ses ancêtres, dégagés du voile obscur de
l'histoire. Les archives poussiéreuses révèlent
des lettres enflammées et des journaux intimes,
rédigés par Aurélien Desmoulins, témoignant de
ses convictions profondes et de son combat pour
la justice.

Par un jeu de destinée troublant, chaque mot
semble résonner dans l'âme tourmentée de
Gabriel, comme une mélodie venue d'époques
lointaines. Les aspirations, les doutes et les espoirs d'Aurélien se confondent étrangement avec
ceux de Gabriel, formant des liens inaltérables qui
transcendent le temps et l'espace.

À travers les pages jaunies, les cœurs battent
à l'unisson, les émotions se croisent, les cicatrices de l'Histoire se révèlent. Ces récits enfouis
témoignent de la noblesse et de l'honneur des
Desmoulins, emportés par les tumultes de leur
époque. Les péripéties tragiques d'Aurélien pren-
nent vie sous les yeux de Gabriel, lui révélant
l'héritage indélébile qui les unit au-delà des siè-

cles, comme une flamme vacillante transmise de génération en génération. Il ressent la résilience d'Aurélien face à l'adversité, son désir ardent de propager la lumière au cœur des ténèbres, et sa quête intemporelle de justice. L'essence même des Desmoulins s'anime à travers ces lignes, insufflant à Gabriel une force nouvelle et une clarté inattendue.

Chaque mot, soigneusement écrit à la plume d'encre, tisse un lien émotionnel entre Gabriel et son ancêtre, révélant des secrets enfouis depuis bien trop longtemps. Cette découverte marque un tournant irrémédiable dans la quête de vérité de Gabriel, lui offrant un héritage porteur de sens et d'honneur. Toutefois, avec cette révélation surgissent également de nouvelles questions, des défis insoupçonnés, et la lourde responsabilité de préserver l'intégrité des Desmoulins. La lueur vacillante des bougies éclaire non seulement la bibliothèque secrète, mais également l'avenir incertain de Gabriel, engagé malgré lui dans une épopée familiale transcendante. Dans ce sanctuaire de connaissances oubliées, Gabriel se recueille devant la force visionnaire de ses ancêtres, prêt à poursuivre leur héritage avec détermination et ferveur.

Cette nuit-là, les rues de Paris étaient imprégnées d'une atmosphère lourde, chargée du poids des actes anciens qui hantaient chaque recoin de la ville. Gabriel et Camille s'étaient aventurés dans les tunnels oubliés de l'Opéra, déterminés à percer le voile de mystères qui avait tourmenté leur existence. Alors qu'ils avançaient dans l'obscurité, une étrange sensation de familiarité envahit l'esprit de Gabriel. Les parois humides semblaient murmurer des secrets longtemps enfouis, et l'écho des pas résonnait comme un rappel des générations passées. Guidés par une force indomptable, ils découvrirent finalement une salle oubliée, emplie de vestiges d'une époque révolue.

Au centre de la pièce, une table en bois massif portait les stigmates du temps, ornée de symboles mystérieux gravés dans sa surface usée. C'était ici que les destins se croisaient, que les liens du sang et de l'honneur révélaient leur essence profonde. À travers les âges, les descendants d'Aurélien, d'Éléonore et de leurs compagnons portaient en eux l'héritage d'une quête inachevée, celle de restaurer la vérité et de rétablir l'honneur bafoué de leurs aïeux.

Gabriel sentit son cœur battre au rythme des légendes familiales, tandis que Camille, éclairée par la lueur vacillante de leurs lampes, se plongeait dans la contemplation silencieuse de cette chambre intemporelle. Les voix du passé semblaient résonner autour d'eux, murmurant des récits de courage, de trahison et de sacrifices honorables. Chaque objet, chaque artefact devenait le témoin muet de combats oubliés, de promesses tenues et de serments brisés.

Face à ce spectacle figé dans le temps, Gabriel et Camille prirent conscience que leur destin était intimement lié à celui de leurs ancêtres, façonné par une lutte immémoriale pour la justice et la dignité. Dans le silence poignant de la nuit parisienne, la flamme de l'héritage familial s'enflamma en eux, insufflant une détermination indomptable. Ils étaient prêts à affronter les ombres du passé, à transcender les obstacles qui se dressaient sur leur chemin, et à honorer la mémoire des héros méconnus qui avaient donné sens à leur existence. Dans cette salle oubliée, le poids de l'honneur et des promesses ancestrales se fit plus tangible que jamais, embrasant leurs âmes d'une passion refusant l'oubli.

La ville de Paris, magnifique et envoûtante, était plongée dans l'obscurité alors que Gabriel et Camille s'aventuraient dans les rues pavées. Les lampadaires vacillants jetaient des ombres dansantes sur les façades des bâtiments centenaires, conférant à la capitale française une atmosphère mystique qui semblait empreinte d'une histoire millénaire. Dans cette nuit où le passé et le présent s'entremêlaient, les deux protagonistes se sentaient comme transportés dans un autre monde, loin des tumultes de la vie moderne. Le silence enveloppait la ville, seulement rompu par le doux murmure du vent et les pas feutrés des aventuriers solitaires. La lumière de la lune éclairait faiblement les toits des immeubles, offrant une vision fugace des sculptures et des ornements qui témoignaient du riche patrimoine architectural de la capitale.

Alors que Gabriel et Camille avançaient, ils ressentaient une étrange connexion avec les générations passées qui avaient marché sur ces mêmes pavés, portant en eux les espoirs, les peurs et les déchirements d'une époque révolue. Ils étaient conscients que leurs propres vies étaient intimement liées à celles de leurs ancêtres, emportant avec eux le fardeau des secrets enfouis et des tragédies injustement oubliées. Dans cette nuit profondément symbolique, les pensées de Gabriel se tournèrent vers Aurélien Desmoulins, son aïeul héroïque dont le courage et la détermination semblaient se manifester à travers lui. Il ressentait le fardeau de préserver l'héritage d'Aurélien, de faire éclater la vérité et d'accomplir une quête de justice longtemps négligée.

Camille, quant à elle, partageait cette conviction profonde, sentant que leur destin était étroitement entrelacé avec celui d'Aurélien, Éléonore et Raphaël, les acteurs d'une épopée tragique dont les derniers chapitres restaient encore à écrire.

Guidés par une force intérieure indomptable, ils poursuivirent leur périple dans les méandres nocturnes de la Ville Lumière, conscients que chaque rue, chaque pont, chaque bâtiment recelait les secrets oubliés qui pourraient éclairer leur chemin. Au cœur de la nuit parisienne, ils étaient déterminés à lever le voile sur les mystères enfouis depuis trop longtemps, à exhumer les spectres du passé pour offrir enfin la rédemption à ceux qui avaient sacrifié leur vie pour un idéal noble et insaisissable.

La nuit s'était abattue sur Paris telle une toile sombre, enveloppant la ville de mystère et de dangers. Dans l'obscurité des ruelles tortueuses, le destin d'Éléonore se trouvait suspendu à un fil fragile, prêt à se rompre à tout moment. Des pas pressés résonnaient dans les pavés humides, tandis que le souffle court trahissait son angoisse. Elle avait échappé de justesse aux griffes de la trahison, mais le prix à payer était lourd, trop lourd. Le visage de Raphaël surgissait devant ses yeux, celui qui avait osé défier la fatalité pour lui offrir un espoir de survie.

Dans l'ombre des sinistres ruelles parisiennes, Éléonore cherchait frénétiquement une issue, une échappatoire qui lui permettrait de défier les forces obscures qui la pourchassaient. Les souvenirs tourbillonnaient dans son esprit tourmenté, évoquant le regard déterminé de Raphaël, prêt à tout sacrifier pour la protéger. Son cœur saignait face à la cruelle réalité de son départ précipité, mais elle savait que c'était le seul moyen de perpétuer l'espoir, le seul moyen de donner un sens à ce sacrifice ultime. Les ruelles la menèrent finalement devant une porte dérobée, dissimulée dans l'ombre d'un vieux bâtiment abandonné. Cette porte, symbole de liberté, était aussi l'emblème de son douloureux dilemme. Devait-elle franchir ce seuil et survivre, ou bien rester et affronter un destin incertain ? Les sanglots étouffés témoignaient de sa douleur intérieure, la lutte intime entre le devoir et la détresse. Mais au milieu de cette tempête émotionnelle, une évidence se fit jour : Raphaël avait tout donné pour elle, et son sacrifice ne serait pas vain.

Poussant la porte avec une détermination renouvelée, Éléonore s'engagea dans l'inconnu, consciente que chaque pas la rapprochait de la vérité, mais aussi de ses propres démons. La nuit était son alliée dans cette quête essentielle, celle de la liberté, de la justice, et de la mémoire des héros oubliés. Ses pas résonnaient dans l'obscurité, marquant le chemin de la résistance, guidés par la flamme de ces âmes courageuses qui avaient tout sacrifié pour un idéal plus grand que la vie elle-même.

Les heures passèrent dans une anxiété oppressante, dans cette prison obscure où le temps semblait suspendu. Éléonore se tenait là, chaque souffle étant un rappel cruel de son isolement. Dans l'obscurité de sa cellule, elle sentait le poids de la trahison et du sacrifice planer sur ses épaules. Chaque instant lui arrachait un morceau de sa force et de sa détermination, mais au fond, une lueur d'espoir continuait de brûler en elle.

Soudain, un bruit lointain vint rompre le silence funeste qui régnait. Elle reconnut le son familier des pas de Raphaël qui se rapprochait. Leur regard se croisa à travers les barreaux, et sans dire un mot, une compréhension silencieuse passa entre eux. Les secondes semblaient des éternités tandis qu'ils élaboraient un plan téméraire pour sa liberté.

Dans un élan de courage et de résolution, Raphaël fit diversion, attirant les gardes loin de la cellule d'Éléonore. Profitant de ce moment d'inattention, elle saisit l'opportunité qui lui était offerte avec une audace renouvelée. La clé tourna dans la serrure, la porte grinça de manière séduisante en s'ouvrant, et elle se précipita dans le couloir sombre, où l'obscurité enveloppait chaque recoin.

Sa fuite ressemblait à une danse effrénée avec le destin, sous les yeux de la lune, qui veillait silencieusement sur sa tentative d'échapper aux entraves de l'oppression. Ses pas résonnaient jusqu'à trouver refuge dans les ombres protectrices des souterrains parisiens, où chaque écho de ses pas semblait murmurer le souvenir de ceux qui avaient lutté avant elle.

Guidée par cette force intérieure indomptable, elle poursuivit sa quête de liberté, consciente que chaque pas vers l'inconnu marquait également un pas vers la lumière. Le vent nocturne chuchotait des promesses de renouveau alors qu'elle courait vers cette lueur d'espoir qui scintillait au bout de l'obscurité. Éléonore s'était libérée des chaînes matérielles, mais sa véritable évasion ne faisait que commencer. Son esprit embrasé par la détermination, elle se sentait liée à une promesse éternelle d'honneur et de bravoure, prête à défier le destin pour réclamer sa juste place dans l'histoire.

Les ombres de la nuit enveloppaient Paris d'un voile mystérieux, et dans ce théâtre d'intrigues s'opérait un ballet tragique où chaque geste, chaque souffle, portait le poids du destin. Au cœur des souterrains oubliés, Raphaël se tenait face à une décision lourde de conséquences, telle une figure empruntée aux récits ancestraux. Son regard, empreint d'une détermination farouche, se perdait dans les ténèbres qui menaçaient de l'engloutir, mais son âme demeurait ancrée dans une décision qu'il pressentait inévitable. La trajectoire de son existence convergeait irrémédiablement vers un choix qui ébranlerait les fondations mêmes de sa propre histoire.

Entre l'amour et le devoir, entre la loyauté et la liberté, il se tenait là, seul face à sa destinée. Le destin semblait plier sous le poids de cette scène figée, comme si le temps suspendait son vol pour prendre pleinement conscience de l'enjeu crucial qui se jouait dans l'ombre des catacombes. Tandis que les échos lointains des pas des poursuivants résonnaient sinistrement contre les murs de pierre, illuminant la menace qui planait sur leur fuite, Raphaël n'hésita pas. Dans un geste empreint de noblesse et de sacrifice, il souffla à Éléonore de fuir loin de cet enfer, scellant ainsi le sort de leur destinée commune. Son engagement héroïque définissait une parabole tragique où chaque protagoniste, chargé d'une force intime, devait affronter ses propres démons et offrir au monde le spectacle déchirant de ses dilemmes les plus profonds.

Son geste, tel un acte d'alchimie morale, transmutait la lâcheté en bravoure, la peur en audace, imprégnant l'épopée de cette lignée maudite d'une transcendance inattendue. Car, dans l'obscurité plongée, il dessinait les contours d'une légende immortelle, forgée non pas par la victoire, mais par le sacrifice désintéressé. Aux confins du destin, dans l'ultime élan de générosité, Raphaël embrassa le rôle sacrifié qui lui était échu, offrant à l'humanité le testament vivant d'un héros méconnu. Et tandis que les pas des trompeuses incarnations de la trahison résonnaient dans le labyrinthe des corridors, son image demeurait, telle une relique ineffaçable, gravée dans les annales des siècles à venir.

Raphaël s'élança avec une bravoure inouïe, fendit les ténèbres et affronta le descendant de Beaumont sans la moindre hésitation. Le silence se fit dans le tunnel obscur, seul le souffle haletant des protagonistes résonnait parmi les voûtes millénaires. Les yeux étincelants de défi, le descendant de Beaumont fut pris de court par l'audace de Raphaël. Les deux hommes se firent face, portant en eux tout le poids d'une lignée marquée par la trahison et la loyauté, par l'ombre et la lumière.

Gabriel et Camille demeurèrent figés, enveloppés par la tension palpable qui émanait de cette confrontation hors du temps. Les échos du passé semblaient vibrer dans les pierres séculaires, accompagnant ce duel silencieux entre les descendants d'une histoire trouble, prêts à clore un chapitre ancestral chargé de secrets inavoués. Le descendant de Beaumont, désemparé, ne parvint pas à dissimuler son trouble. Des décennies de déni se heurtaient à la détermination farouche de Raphaël, tel un renoncement à un legs insoutenable. La culpabilité planait, indélébile, au-dessus de ses épaules, tandis que l'héritage de ses ancêtres semblait le condamner à perpétuer une sombre tradition. Son regard fuyant témoignait de sa résignation face à la vérité sur le point d'éclater aux yeux du monde.

Face à ce bouleversement, Gabriel comprit subitement l'enjeu profond de l'histoire qui se déroulait sous ses yeux ébahis. Il réalisa alors que son propre destin se trouvait intimement lié à cette confrontation épique, comme si les circonstances avaient ourdi un complot implacable pour le propulser au coeur d'un mandat héréditaire.

Les vestiges d'Aurélien semblaient murmurer des mots anciens, lui rappelant qu'il était, lui aussi, un acteur inconscient d'une saga familiale aux ramifications insoupçonnées.

Pendant ce temps, dans un recoin discret du tunnel, Éléonore observait silencieusement la progression de l'affrontement, le visage marqué par l'émotion contenue. Elle avait survécu à la tragédie grâce au sacrifice de Raphaël, sentiment silencieux qui scellait leur destin commun. Son esprit brûlait d'un feu secret, celui de restaurer l'honneur bafoué de sa famille ancestrale. Cette confrontation, allégorie des tourments passés, résonnait comme un ultime acte de rétribution pour toutes les souffrances endurées. Bientôt, une issue inattendue surgit de l'obscurité, révélant un passage inexploré vers des profondeurs oubliées, précipitant chacun des héritiers dans un abîme insondable, mais teinté d'espoir. Une nouvelle ère s'annonçait, couronnée par la confrontation de destins enchevêtrés, prêts à révéler au grand jour les secrets enfouis depuis trop longtemps.

Gabriel scrutait l'obscurité de ce nouveau tunnel avec une fascination mêlée d'appréhension. En compagnie de Camille, il avançait pas à pas, éclairant leur chemin à l'aide d'une ancienne lanterne dénichée parmi les artefacts oubliés de l'Opéra. Les parois de pierre semblaient murmurer des secrets perdus depuis des siècles, et l'atmosphère pesante semblait porter le poids de nombreuses tragédies passées.

Alors que leurs pas résonnaient dans le silence oppressant des sous-sols, Gabriel ressentit un lien indéniable avec son ancêtre Aurélien. Il comprenait maintenant que la justice était leur héritage commun, une quête qui transcendait les époques et se matérialisait à travers les énigmes et les mystères rencontrés lors de leur exploration.

Au fil de leur progression, des fresques murales anciennes, presque effacées par le temps, commencèrent à apparaître. Elles dévoilaient des scènes épiques, des instants figés dans l'histoire, qui semblaient narrer les exploits des personnages qui jadis avaient foulé ces mêmes corridors. L'un de ces tableaux, particulièrement saisissant, représentait une fugue spectaculaire, une évasion courageuse au cœur des ténèbres, évoquant le sacrifice de Raphaël pour permettre à Éléonore de poursuivre la lutte.

Submergé par l'intensité de cette découverte, Gabriel ne put s'empêcher d'imaginer la détresse et l'héroïsme de ses lointains ancêtres. Ces visages disparus, aux destins tragiques, prirent soudainement vie à travers ces œuvres muettes, témoins silencieux d'une épopée inachevée.

Puis, alors que les flammes vacillantes de la lanterne éclairaient un passage dérobé derrière un pan de mur fissuré, Gabriel réalisa que la lumière entrevue à travers les ombres épaisses était bien plus qu'une simple métaphore. C'était la promesse d'une vérité enfouie, une clarté éclatante qui briserait les chaînes du passé et révélerait enfin les liens étroits entre le présent et le longtemps oublié.

Dans l'exaltation de cette découverte imminente, Gabriel sentit que chaque pas le rapprochait non seulement de la résolution de l'énigme qui avait hanté sa famille pendant des générations, mais aussi de la rédemption des âmes endeuillées qui erraient encore dans les recoins cachés de l'Histoire. À présent, le tunnel s'étendait devant eux, une voie séculaire pavée de promesses et de révélations, prête à les guider vers une vérité à laquelle ils ne pourraient plus échapper.

Alors que Gabriel et Camille s'enfoncent dans le nouveau tunnel découvert, une sensation d'excitation mêlée d'appréhension les envahit. La pénombre semble les envelopper de mystère, mais une lueur lointaine attire leur regard, promesse d'une révélation imminente. Leurs pas résonnent sur la pierre humide, ponctués par des échos ancestraux qui semblent murmurer des secrets enfouis depuis trop longtemps. Au fur et à mesure qu'ils avancent, les parois du tunnel semblent se resserrer, comme pour mieux retenir leur souffle.

L'atmosphère devient pesante, chargée de souvenirs oubliés et de destins entremêlés. Gabriel sent monter en lui une force intérieure, comme si les aspirations de son ancêtre résonnaient en lui, le poussant vers cette ultime révélation. Soudain, la lumière grandissante illumine l'étroit passage et dévoile un spectacle saisissant : une salle souterraine surgit de l'obscurité, telle une relique du passé offerte au regard émerveillé des explorateurs. Les voûtes ornées de symboles énigmatiques et les vestiges d'un artefact oublié confèrent à cet endroit une aura magique, renforçant le lien entre le présent et le passé.

Alors que Gabriel et Camille parcourent ce sanctuaire oublié, chaque détail semble susurrer une vérité plus grande, une épopée enfouie dans les méandres du temps. Les objets qui les entourent racontent une histoire de lutte et de résilience, un héritage forgé dans l'adversité et transmis à travers les générations. La découverte de ce lieu sacré suscite en eux une profonde émotion, mélange de respect et d'humilité devant les sacrifices consentis pour des idéaux nobles. À travers les siècles, les aspirations de ces âmes vaillantes ont su traverser les épreuves, pour trouver enfin refuge dans la lumière vacillante de cette salle oubliée.

Guidés par une volonté indomptable, Gabriel et Camille savent que cette révélation marque la fin d'une quête, mais également le début d'un nouvel héritage. Ils pressentent que les échos de cette promesse éternelle résonneront encore longtemps, rappelant aux générations futures le prix de la liberté et la puissance des idéaux qui transcendent les époques.

Lorsque Gabriel et Camille pénétrèrent dans le tunnel jusque-là inconnu, une sensation de mystère ancestral les enveloppa. Les parois semblaient murmurer des secrets, et le vent soufflant à travers les passages résonnait comme un appel du passé.

Dans l'obscurité, leurs lampes torches dessinaient des ombres dansantes qui semblaient raconter une histoire oubliée, une histoire dont Gabriel ignorait encore l'issue. Il sentait que chaque pas le rapprochait de la vérité, mais aussi de son destin.

Le tunnel se révélait être bien plus qu'un simple passage souterrain. Il était le symbole même de l'héritage d'Aurélien, un héritage fait de courage, de passion et de détermination. Chaque pierre, chaque tournant, portait l'empreinte indélébile de cet ancêtre lointain, témoin muet des épreuves endurées au nom de la justice. Gabriel ressentait comme un écho de cet engagement jusque dans ses propres actions, comme si le sang des Desmoulins coulait toujours dans ses veines, vibrant au rythme d'une promesse éternelle.

Alors que leur progression se poursuivait, une pensée s'imposa à Gabriel : la vie était une succession de choix, de sacrifices et d'espoirs. Comme

Raphaël, qui avait sacrifié sa propre liberté pour permettre à Éléonore de s'échapper, chacun devait faire face aux détours du destin. Le chemin vers la lumière ne se traçait pas sans heurts, et il fallait parfois consentir à des renoncements pour préserver l'essentiel. Cette réflexion le poussa à regarder Camille avec une gratitude renouvelée, reconnaissant en elle une alliée précieuse dans cette quête singulière.

Enfin, à mesure qu'ils avançaient, une lueur lointaine se dessina, fragile et chatoyante. C'était une promesse d'espoir, une invitation à lever le voile sur les secrets enfouis depuis trop longtemps. L'émotion gagna Gabriel alors qu'il pressentait l'imminence de la révélation tant attendue.

Dans cette demi-obscurité, il revoyait Aurélien, prisonnier de son époque, mais intrépidement lié à lui par des liens indicibles. À travers l'épaisseur des siècles, leurs destins étaient intimement entremêlés, unis par la quête immuable de justice. Ainsi, dans ce tunnel chargé de symboles et d'émotions, Gabriel sentit grandir en lui un sentiment profond d'accomplissement. Il comprenait maintenant que la promesse éternelle, c'était celle d'honorer les sacrifices du passé, de briser les chaines de l'injustice et d'offrir à l'histoire une conclusion digne de ses héros. La résonance des échos d'une époque oubliée vibrait en lui comme une mélodie ancestrale, annonçant le triomphe imminent de la vérité. Et c'est animé par cette certitude, guidé par la flamme du courage hérité de ses ancêtres, qu'il s'avança, prêt à accueillir la lumière nourrissante de la connaissance.

9
La vérité éclate

L'aube éclaire la cité tandis que les médias s'apprêtent à divulguer l'héritage caché des Desmoulins et des Beaumont. Les premières lueurs du jour peignent les façades des bâtiments parisiens d'une teinte dorée, annonçant une journée exceptionnelle, où la vérité se dévoilera enfin au grand jour. Dans les bureaux de presse, les journalistes affûtés s'affairent à rassembler les pièces éparses d'un puzzle historique longtemps dissimulé. Les révélations attendues ravivent l'intérêt du public pour les mystères enfouis sous l'Opéra de Paris. Chacun retient son souffle dans une attente fiévreuse, tandis que la ville elle-même semble palpiter d'impatience. La pression des enjeux politiques et historiques se fait sentir, comme si le destin de toute une lignée reposait sur cet instant crucial.

À travers les rues embrumées de la capitale, une anticipation électrisante se propage, prémisse d'une journée appelée à marquer les mémoires. Dans les couloirs des médias, l'effervescence est palpable. Les conversations chuchotées et les regards chargés de secrets alimentent l'atmosphère tendue qui préside à l'approche de cette révélation tant attendue. Les écrans des salles de rédaction scintillent déjà des premiers éclats de la vérité, qui s'apprête à briser les chaînes du silence. L'espoir et la crainte se mêlent dans le cœur de chacun, car la lumière crue de la divulgation peut aussi bien illuminer que consumer. En ce jour béni des dieux de l'Histoire, les destins entrelacés des Desmoulins et des Beaumont s'apprêtent à s'écrire dans un nouveau chapitre, déchirant le voile opiniâtre qui occultait leur mémoire. C'est dans cette brume matinale que se dessinent les contours d'une saga oubliée, prête à insuffler un vent de renouveau à une histoire figée dans les ténèbres.

Lorsque les premières lignes des récits oubliés émergèrent de l'ombre pour se frayer un chemin jusqu'à la lumière, ce fut comme si le voile du temps se déchirait devant les yeux incrédules du monde. Les mots anciens dansaient sur les pages jaunies, révélant des histoires fascinantes de courage, de loyauté et de sacrifice, soigneusement enterrées dans les profondeurs de l'oubli. Chaque récit dévoilé dépeignait une époque révolue, un temps où les destins étaient tissés dans des intrigues politiques et des complots sournois. Les lecteurs découvrirent les héros méconnus, leurs qualités singulières ressurgissant des pages comme autant de lueurs d'espoir dans une société qui avait longtemps oublié leurs exploits. La vérité, longtemps étouffée par le poids des mensonges et des manipulations, apparaissait désormais avec éclat, embrasant les cœurs de ceux qui osaient écouter.

Le monde retint son souffle en explorant les récits, s'émerveillant devant la bravoure indomptable des figures jadis opprimées. Chaque ligne dévoilée était une promesse de réhabilitation, une lueur d'humanité qui transcenderait les siècles. Les récits offraient un aperçu captivant d'une époque tumultueuse, soulignant la résilience des âmes face à l'oppression et à l'injustice. La presse, avide de vérité et de justice, s'empara des récits avec ferveur, donnant vie aux héros endormis. Les journaux se firent l'écho des témoignages oubliés, offrant au public une plongée magistrale dans les arcanes de l'histoire. Chaque article ravivait la flamme de la connaissance et éclairait les zones d'ombre qui avaient alimenté les mythes et les mystères pendant des générations.

Dans chaque foyer, les récits dévoilés devinrent

des sujets de conversation animés, suscitant des débats enflammés autour de la vérité et de la responsabilité. L'impact des récits transcenda rapidement les frontières, trouvant écho dans le cœur de ceux en quête de rédemption pour les héros oubliés. Ainsi, les récits dévoilés opérèrent une métamorphose profonde dans la société, remettant en question les fondations mêmes de son histoire officielle. Ils ouvrirent la voie à une renaissance collective, propulsant les protagonistes de l'ombre vers un statut bien mérité de symboles de bravoure et de détermination. Leurs actes oubliés reprenaient vie dans le présent, tissant un fil invisible entre les générations, rappelant au monde que la vérité, si longtemps enfouie et niée, finit toujours par éclater avec une puissance inégalée.

Les récits dévoilés engendrèrent une clameur médiatique, bouleversant la quiétude de l'Opéra et secouant les fondations de l'histoire. Les journalistes, tels des fauves assoiffés de vérité, se ruaient dans les couloirs jadis hantés par les complots. Leurs plumes aiguisées, prêtes à déchirer le voile de l'oubli, brouillaient les frontières temporelles pour exposer au grand jour les ramifications insoupçonnées de l'intrigue millénaire.

Des éditoriaux enflammés emplissaient les colonnes des quotidiens, si longtemps silencieux sur les mystères enfouis sous l'Opéra. Des reportages télévisés capturaient l'émoi des Parisiens, désormais conscients que leurs pas effleuraient les traces d'une histoire occultée. La clameur médiatique souleva la poussière des souvenirs oubliés, résonnant comme un écho traversant les âges pour atteindre l'esprit de tout un peuple.

Sous l'impulsion des révélations, des universitaires renommés s'attachèrent à démêler l'enchevêtrement du passé et du présent. Leurs analyses pointilleuses, paraissant plus entrelacées que les symboles gravés sur les murs de la chambre secrète, éclairaient les cheminements troubles de destins oubliés. Les historiens, armés de leur plume autorisée, offrirent une nouvelle dimension à l'épopée récitée par les pierres poussiéreuses de l'Opéra, incitant ainsi chacun à croire en l'existence d'un pan oublié de l'humanité.

À travers des hommages littéraires et artistiques, la clameur médiatique redonna vie aux personnages condamnés à l'oubli. Des poètes célébrèrent la résilience des héros confinés dans l'obscurité des siècles, et des peintres façonnèrent des tableaux hantés par les visages évanouis du temps. Cette effervescence créatrice, teintée d'une fervente admiration, tissa une toile immuable autour des figures autrefois condamnées à l'effacement.

Émanant des regards empreints de respect et de reconnaissance, un sentiment de réparation flottait dans l'air, comme une promesse - celle de perpétuer la mémoire des êtres qui osèrent affronter l'oppression inavouée. Ainsi, le tollé médiatique s'est transformé en vénération collective pour ceux dont les actes ont défié l'oubli, donnant à l'Opéra une âme éternelle, forgée dans la forge infinie des légendes.

L'accalmie précédant la tempête avait offert un moment de répit à tout Paris. La clameur médiatique, tel un roulement sourd de tonnerre, annonçait l'éclatement imminent de la vérité. Les récits dévoilés, tels des papillons de nuit surgissant de l'obscurité, suscitaient fascination et effroi. Dans cette atmosphère électrique, les yeux du monde se tournaient vers un passé longtemps oublié, où des âmes vaillantes et des conspirations sinistres se faisaient écho. Puis vint le moment tant attendu, où chaque mot prononcé, chaque ligne imprimée, libéra la vérité captive depuis trop longtemps. Les héros oubliés retrouvèrent leur éclat, émergeant du voile de l'oubli pour revendiquer la justesse de leurs actes. Tels des ombres lointaines rattrapées par la lumière, leurs noms furent portés haut, porteurs de rédemption et d'honneur. Les pages de l'Histoire, autrefois tachées par la calomnie et la malveillance, se virent délivrer d'un joug injuste. Des figures jadis empreintes de courage et de dévouement resplendirent à nouveau, animées par le souffle restaurateur de la reconnaissance publique. Leurs exploits, jadis relégués aux confins des souvenirs, rejaillirent sous la clarté éclatante des projecteurs médiatiques, témoins éblouis de cette résurrection de gloire.

Face à cette révélation triomphale, l'opprobre qui avait teinté leurs actions fut balayé comme les brumes d'une aube nouvelle. Les voix de ceux qui avaient osé diffamer furent étouffées par la force irréfutable de la vérité, tandis que la noblesse des héros retrouvait sa place légitime au panthéon des grands hommes et femmes de leur temps.

Ainsi, dans l'ombre grandiose des monuments parisiens, théâtres d'intrigues passées et de destins entrecroisés, les protagonistes oubliés de cette saga cherchèrent refuge. Là où jadis ils avaient été bannis, persuadés d'être enfouis à jamais dans les méandres de l'oubli, ils furent aujourd'hui accueillis en héros, acclamés, adorés, vénérés par une foule reconnaissante. Et la sève vive du souvenir afflua de nouveau dans leurs veines, ranimant le feu sacré de la mémoire collective.

La révélation de ces vérités longtemps dissimulées ouvrit grand les horizons de l'esprit public, dévoilant la complexité des grandeurs et des tourments humains. Ainsi jaillit, à la faveur de ces événements mémorables, une somptueuse fresque où la bravoure, l'ingéniosité et la loyauté trouvaient place parmi les ténèbres et les perfidies. Et, tandis que résonnait l'écho retentissant des vérités révélées, le destin même de Paris s'en trouvait éclairci, gravé à jamais dans les annales brillantes de son histoire.

À la suite de la révélation des documents compromettants mettant en lumière les actes malveillants perpétrés par le descendant de Beaumont, l'atmosphère pesante qui enveloppe l'Opéra de Paris s'épaissit davantage. Les murmures étouffés et les regards accusateurs se multiplient, jetant une ombre sur le prestige ancestral de la famille Beaumont. Face aux révélations fracassantes relayées par la presse, la société parisienne est secouée dans ses fondements.

Le descendant de Beaumont, autrefois respecté pour son titre noble et sa fortune colossale, voit son masque se fissurer sous le poids écrasant de la vérité. Ses traits autrefois altiers sont maintenant marqués par l'effroi et l'humiliation, trahissant son âme tourmentée. Les allégations d'intrigues et de manipulations financières pernicieuses se propagent tel un incendie, dévorant la réputation de la famille. Les récits accablants éclaboussent les colonnes immaculées du manoir ancestral, ternissant l'image autrefois immaculée du héros local. La disgrâce du descendant de Beaumont semble irrémédiable, figeant son destin dans les annales infâmes de l'histoire.

Dans ce cataclysme social, le public, avide de sensations fortes, observe avec fascination la chute inéluctable de l'arrogance et de la tyrannie dissimulées derrière un masque d'honorabilité. Chacun retient son souffle, témoin de la justice implacable qui se profile à l'horizon, prête à rétablir l'équilibre rompu par tant d'années d'oppression occulte. Alors que le descendant de Beaumont s'enfonce dans les méandres tortueux de la honte et de la culpabilité, resurgissent les ombres du passé, celles des héros méconnus qui ont jadis enduré les affres de l'injustice. À travers cette révélation impitoyable, l'histoire noircie de la famille Beaumont dévoile sa face obscure, offrant ainsi une chance précieuse de rendre hommage aux victimes oubliées et d'honorer le courage des protagonistes, éternellement inscrits dans les mémoires d'une époque tumultueuse.

Le descendant de Beaumont, jadis tel un monarque tout-puissant, voit son empire tissé de mensonges s'effondrer sous le poids implacable de la justice. Son visage crispé trahit une angoisse jusqu'alors dissimulée derrière un masque d'assurance arrogante. Les cieux eux-mêmes semblaient frémir, leurs éclats lumineux filtrant à travers les persiennes entrouvertes répandant sur la scène du drame une atmosphère irréelle. Ses mains tremblent, impuissantes dans l'étreinte glaciale des menottes qui, tel un symbole de sa chute inexorable, se referment sur ses poignets. L'aura de mystère et de puissance qu'il avait si longtemps cultivée se disloque, dévoilant au grand jour la vérité dissimulée derrière ses manigances.

Tout autour de lui, le bouillonnement effervescent de la presse et des spectateurs, venus assister à l'inéluctable mise en accusation, forme une toile témoignant de la souveraineté retrouvée de la justice. Les murmures colportent le récit de ses malversations, alimentant la salle de palabres vengeresses et de chuchotements aiguisés.

En ce moment, le silence se fige comme pour mieux souligner l'éclat retentissant de sa déchéance imminente. Ses yeux, autrefois empreints d'arrogance et de défiance, reflètent désormais une lueur vacillante, teintée d'une terreur palpable. Confronté à l'implacabilité des preuves et à la crédibilité restaurée des héros dont il a tenté de salir la réputation, il semble percevoir avec effroi que ses péchés sont sur le point de le rattraper. Derrière les barreaux de sa propre perfidie, il ne peut plus fuir la sentence qui l'attend, tel un acteur principal rattrapé par les ombres de sa tragédie. La rue pavée lui semblait soudain hostile, les façades des majestueux édifices paraissant condamnées à être les témoins muets de sa chute. Au loin, le tumulte de la ville semblait l'engloutir, le précipitant inéluctablement vers son destin tandis que ses propres actions resurgissaient tels des spectres l'accablant de leur funeste présage. Au-delà des portes closes et des fenêtres hermétiquement verrouillées, une nouvelle ère s'annonçait, résonnant par l'éclat d'une justice enfin rendue.

Alors que la vérité éclate au grand jour, une révélation transcendant les siècles unit les destins séparés par le voile du temps. L'ouverture du tunnel secret devient une passerelle entre deux époques, invitant le présent à plonger dans les entrailles du passé. Les artefacts retrouvés murmurent des récits oubliés, des histoires entrelacées qui relient les vies d'antan à celles d'aujourd'hui. Chaque objet exhale un parfum de mystère, témoignage muet des luttes et des triomphes de ceux qui ont osé se dresser contre l'oppression. Les archives exhumées recèlent des trésors inestimables, révélant les batailles perdues et les victoires méconnues. Les noms des héros dissimulés par les brumes du passé resplendissent à nouveau, illuminant l'obscurité qui les avait engloutis.

Avec délicatesse, les historiens dénouent les fils emmêlés de l'injustice pour tisser une fresque vivante, vibrant du courage et de la détermination de ceux qui se sont opposés aux forces oppressantes. Chaque pas dans le tunnel résonne comme un écho vibrant, dialogue mystique entre les âmes du XIXe siècle et celles du XXIe siècle. Les visiteurs, émus par cette communion avec le passé, contemplent les vestiges de l'histoire avec respect et une empathie profonde. Les visages figés dans les daguerréotypes retrouvent une voix silencieuse qui traversera les générations futures, rappelant aux hommes et aux femmes d'aujourd'hui les leçons universelles de bravoure et d'intégrité.

Dans ce lieu sanctifié par le souvenir, la mémoire s'éveille et s'épanouit, tissant une toile indélébile venant troubler et inspirer le présent. Chaque fragment du passé ravive une étincelle dans le regard des contemporains, leur rappelant que les luttes pour la justice sont intemporelles. La profondeur de ces racines historiques infuse une nouvelle compréhension, une sensibilité accrue envers les péripéties tragiques et les triomphes glorieux qui ont forgé notre communauté humaine. Ainsi, l'arche ouverte sur le passé devient un hymne à la résilience humaine, une symphonie impérissable composée des notes discordantes des conflits anciens et des harmonies naissantes de la rédemption.

Le soir de la révélation était enfin arrivé. La salle de l'Opéra était plongée dans une semi-obscurité, la tension palpable, lorsqu'un silence solennel s'empara de l'assemblée. Les musiciens, sous la direction experte du chef d'orchestre renommé, ajustaient leurs instruments avec minutie. Le public, composé de personnalités influentes, de passionnés d'art et de curieux venus assister à un événement sans précédent, retenait son souffle, captivé par l'attente de cette symphonie si soigneusement préservée par le temps. Le rideau se leva lentement, dévoilant une scène dont la magnificence éblouit les spectateurs. Au centre, trônait un piano à queue d'époque, récemment restauré pour cet instant unique. Il était l'instrument qui avait porté les notes immortelles d'Aurélien, les mêmes qui avaient survécu à l'oubli et au silence imposés par l'histoire.

Le premier mouvement résonna dans la salle, transportant l'auditoire dans un tourbillon d'émotions. Les mélodies complexes, teintées de passion et de révolte, semblaient faire revivre les protagonistes de cette histoire oubliée. Chaque instrument, chaque note jouée par l'orchestre, racontait les combats menés par Aurélien et ses compagnons pour la liberté et la justice. Une force transcendante semblait imprégner l'œuvre, rappelant que la musique pouvait être bien plus qu'un simple divertissement, mais un cri du cœur, une protestation silencieuse qui traversait les âges.

L'apogée tant espéré électrisa l'ambiance. Après que la mélodie finale se fut dissoute dans un écho émouvant, un calme méditatif s'empara de l'auditorium. Puis, un tonnerre d'acclamations éclata, signe d'une reconnaissance universelle. Les visages humides de larmes trahissaient les émotions intenses suscitées par ce moment, où passé et présent se confondaient dans une apothéose musicale. La symphonie de justice, façonnée par la plume et le génie d'Aurélien Desmoulins, s'était achevée dans un hommage vibrant. Le public prit conscience que cette musique était bien plus qu'une simple composition ; elle était le témoignage d'un combat véritable, celui de l'humanité contre l'injustice et la tyrannie. En ce jour, le talent d'Aurélien retrouvait enfin sa place au firmament de l'art, illuminant l'Opéra de Paris d'une lumière nouvelle, empreinte de vérité et de résilience.

L'annonce de la représentation publique de la musique d'Aurélien résonna à travers la ville, attirant les mélomanes, les historiens et les curieux. L'Opéra, longtemps le théâtre silencieux des intrigues passées, s'apprêtait à révéler au monde l'œuvre oubliée d'un compositeur maudit. La salle se remplissait lentement, la tension palpable flottant dans l'air comme une note suspendue. Le temps semblait se distendre, laissant les spectateurs captifs d'une attente solennelle.

Les lumières s'éteignirent progressivement, plongeant chacun dans une pénombre expectante. Puis, dans un silence absolu, l'orchestre entama la symphonie d'Aurélien. Chaque note semblait porter en elle la souffrance d'une époque troublée, les espoirs déchus et les rêves enfouis. Les musiciens donnaient vie à la partition oubliée, une mélodie complexe tissant un fil entre passé et présent. Les spectateurs étaient emportés par cette cascade musicale, transportés dans un tourbillon d'émotions et de réminiscences.

Au fur et à mesure que la musique se déployait, les visages s'illuminaient, certains laissant échapper des larmes contenues, d'autres laissant paraître un sourire empreint de mélancolie. C'était comme si chaque note réveillait la mémoire collective endormie, faisant revivre les luttes oubliées, les sacrifices méconnus et les idéaux égarés.

La symphonie d'Aurélien devenait l'hymne d'une quête de vérité et de justice, transcendant le simple plaisir musical pour devenir le symbole d'une renaissance tant attendue. Lorsque les dernières notes s'estompèrent dans l'écho de la salle, un silence respectueux persista, comme si chaque personne retenait son souffle, cherchant à prolonger l'instant précieux. Puis vint l'ovation, un tonnerre d'applaudissements irradia l'Opéra, exprimant la gratitude, la reconnaissance et la fierté retrouvée. Les héros oubliés étaient célébrés, honorés par cette musique immortalisant leurs actes héroïques. Les spectateurs se levèrent d'un même mouvement, saluant non seulement les artistes sur scène, mais encore les figures du passé ressuscitées par cette symphonie magistrale.

La soirée s'acheva dans une atmosphère empreinte de nouveauté. Les conversations animées portaient sur la redécouverte de ce pan oublié de l'histoire, sur le triomphe de la vérité sur l'oubli. Des liens se tissaient entre des inconnus, unissant les cœurs autour de cette symphonie de justice, qui avait su toucher une corde sensible au plus profond de chacun. À cet instant, l'Opéra devint le sanctuaire de la mémoire partagée, où résonnaient encore les échos d'un passé trop longtemps occulté. Et, dans cette symphonie, la grande 'révélation' était que la justice transcende le temps, apaisant les blessures de l'histoire et rendant hommage aux âmes courageuses qui avaient osé défier l'oppression.

Le jour de la révélation avait apporté son lot de frissons et d'émotions intenses. Devant des foules massées, les récits oubliés remontaient à la surface tel un trésor longtemps enfoui dans les méandres du temps. Les aveux des complots du passé, soigneusement dissimulés, étaient désormais étalés au grand jour, éclairant d'une lumière crue les sombres intrigues du XIXe siècle. La presse se faisait l'écho de ces vérités longtemps occultées, découvrant avec délectation les fils tissés par la clandestinité et le pouvoir corrompu.

L'honneur revenait enfin aux héros injustement diffamés, jetés dans l'ombre pendant des décennies. Leurs noms brillaient à nouveau, honorés comme il se devait. Les descendants des résistants de la libre-pensée retrouvaient leur fierté, souvent transmise de génération en génération sous le poids du secret. Dans un tourbillon d'émotions contrariées, les visages ridés par le temps s'illuminaient à la lueur de cette réhabilitation tant attendue. La clameur de la justice résonnait à travers les rues, Pendant ce temps, le descendant de Beaumont, dont le masque était enfin tombé, se trouvait confronté à son propre jugement. Sa figure autrefois si altière et arrogante se flétrissait dans une ultime et amère défaite. L'arrestation inévitable le guettait, pareille à la lame avide se refermant sur celui qui croyait être à tout jamais intouchable.

Dans cet élan de vérité surgissait une symbolique fascinante : le tunnel secret, longtemps gardé par les ombres de l'opéra, s'ouvrait désormais au public. Sous un voile de mystère et d'histoire oubliée, cet espace autrefois imprégné de conspirations et de luttes cachées offrait aujourd'hui un passage bienveillant vers la connaissance et la compréhension. Les visiteurs se pressaient pour découvrir ce lieu empreint de secrets révélés, symbole tangible de cette mémoire partagée renouvelée.

Enfin, toujours portée par ce souffle venu tout droit du passé, l'œuvre d'Aurélien prenait vie sous les doigts agiles d'un orchestre prestigieux. Ses notes puissantes et envoûtantes s'élevaient dans la salle, portant la force des convictions et des idéaux passés trop longtemps étouffés. Cette symphonie rendait hommage aux héros magnifiques, redevenus les phares d'une époque où le combat pour la liberté résonnait encore.

Ce jour-là marquait une étape inébranlable dans l'Histoire, une marque indélébile dans la conscience collective. La mémoire partagée entre passé et présent renaissait de ses cendres, forgée par les preuves de courage et les destins entrelacés. La révélation des complots, la réhabilitation des justes, l'ouverture du tunnel et la musique triomphante fusionnaient pour façonner un legs mémorable, transformant ces héros autrefois ombragés en figures éternelles d'espoir et de résilience.

10
La symphonie des secrets révélés

La lumière du matin éclaire l'Opéra renaissant, symbole d'espoir. Alors que le jour se lève sur la ville de Paris, un événement exceptionnel se prépare dans les coulisses majestueuses de l'Opéra. Les premiers rayons du soleil glissent à travers les grandes fenêtres, caressant délicatement les murs de pierre séculaires. L'atmosphère est chargée d'une émotion palpable, teintée d'un souffle d'histoire et de renouveau.

Les invités affluent lentement, vêtus de leurs plus beaux atours, comme s'ils rendaient hommage aux fantômes du passé qui veillent sur cet édifice emblématique. Dans la salle somptueuse, les chuchotements se mêlent au son feutré des pas, créant une mélodie harmonieuse qui s'élève telle une offrande à la grandeur de l'Opéra rénové.

Enfin, le moment tant attendu arrive. Les portes s'ouvrent lentement, révélant l'éclat resplendissant de la salle principale. Les lustres scintillent de mille feux, illuminant chaque recoin de cet espace autrefois terni par les ombres du secret. Les convives retiennent leur souffle, émerveillés par la transformation opérée en ces lieux chargés d'Histoire.

Sur la scène, une solennité presque sacrée se dégage des gestes précis des artisans, des artistes et des restaurateurs qui ont uni leurs talents pour redonner à cet endroit une nouvelle vie. Chaque détail semble soigneusement pensé, orchestrant un spectacle visuel époustouflant, témoignage vibrant de cette renaissance inespérée. Les cœurs des spectateurs vibrent à l'unisson, emportés par l'émotion indéfinissable qui imprègne la salle tandis que l'Opéra déploie ses ailes tel un phénix renaissant de ses cendres. Au fur et à mesure que la cérémonie se déroule, les murmures se transforment en acclamation, symphonie éphémère, mais exaltante en l'honneur de ce lieu emblématique, véritable joyau culturel. Les visages s'illuminent d'un sourire complice, car tous présents savent qu'ils participent à un moment unique, une page d'histoire qui se tourne sous leurs yeux éblouis par l'éclat retrouvé de l'Opéra.

Les premiers rayons d'une aube nouvelle illuminent la façade majestueuse de l'Opéra de Paris, symbole éclatant d'une renaissance attendue. La cérémonie de réhabilitation débute dans un murmure solennel, empreint de respect pour les vestiges du passé. Sous le doux baiser de la lumière matinale, les dorures qui ornent le grand vestibule scintillent comme autant d'étoiles étincelantes, témoins silencieux des secrets enfouis et des destins entrelacés. L'atmosphère est empreinte d'une subtile émotion, où chaque pas résonne comme un hommage rendu à ceux qui ont façonné l'Histoire de cette illustre institution.

Les invités se rassemblent dans la majestueuse salle de spectacle, où résonnent encore les échos lointains des mélodies envoûtantes qui ont autrefois captivé les âmes. Les regards se perdent dans l'infini splendeur des fresques qui ornent le plafond, contemplant un kaléidoscope de scènes figées dans le temps, témoin muet des drames, des passions et des luttes oubliées. Tout autour, la fine dentelle des balustrades sculptées semble tisser un lien intemporel entre les générations, offrant son étreinte bienveillante à ceux qui osent défier l'oubli.

Au-delà des lambris luisants, les voix s'élèvent pour prononcer des discours empreints de solennité. Chaque mot résonne comme une bulle de savon irisée, reflétant les feux de l'âme et l'éclat des vérités longtemps cachées. Les cicatrices de l'oppression sont ainsi exposées à la lumière de la vérité, magnifiées par la puissance évocatrice des paroles qui trouvent écho dans les cœurs assemblés. L'émotion est palpable, tandis que l'espoir renaît tel un phénix resplendissant, porteur d'une promesse de renouveau et de réconciliation avec un passé trop longtemps occulté. Puis, comme en contrepoint à ces mots chargés de sens, la musique commence à emplir l'espace sacré. Les notes s'élèvent lentement, déployant leurs ailes diaphanes pour mieux caresser les esprits assemblés. C'est là toute la magie de l'art, transcendante et éternelle, qui se joue de l'obscurité pour insuffler une poésie vibrante à chaque fibre de l'âme. Les mélodies résonnent comme autant d'hommages aux héros oubliés, aux amours perdues, aux idéaux tombés dans l'oubli. Elles vibrent d'une tendresse infinie et d'une force insoupçonnée, ravivant les liens distendus entre les vivants et les spectres du passé. Et alors, tandis que les dernières notes semblent se dissoudre dans l'air immobile, une parenthèse suspendue dans le temps s'achève. La cérémonie s'efface doucement, laissant place à une promesse fragile, mais magnifique : celle d'un avenir forgé dans la communion des mémoires, où l'Opéra de Paris déploie ses ailes en tant que gardien intemporel de la beauté, de la vérité et de la grâce.

Le silence se fit dans la salle de réception richement décorée. Gabriel, aux côtés de Camille, contemplait avec émotion les dorures et les fresques d'une époque révolue, témoins silencieux des événements qui avaient bouleversé leur existence. Les invités, parés de leurs plus beaux atours, s'étaient rassemblés pour assister à un moment historique, une cérémonie chargée de symboles et de rédemption.

Sous la lueur chaleureuse des lustres anciens, une atmosphère solennelle emplissait la pièce. Gabriel se sentait investi d'une responsabilité profonde, celle de rendre hommage à ceux qui avaient lutté dans l'ombre pour la vérité et la justice. Se levant, il fixa l'assemblée de ses yeux déterminés et commença son discours. Il raconta avec passion les découvertes fascinantes qui avaient jalonné leur enquête, évoquant les rouages d'un complot millénaire dissimulé sous les voûtes de l'Opéra. Chaque mot semblait tisser un fil invisible entre le présent et le passé, réunissant les destinées de personnages semblables malgré les siècles qui les séparaient. Il rendit hommage à Aurélien et Éléonore, à leur courage et à leur résilience face à l'adversité, faisant vibrer les cordes sensibles de l'âme humaine.

Puis vint le moment tant attendu, celui où les secrets enfouis depuis trop longtemps allaient enfin être révélés. Gabriel dévoila au public les documents anciens, les partitions codées, les journaux intimes, les preuves indiscutables d'une conspiration ourdie dans l'ombre des loges opulentes. Les murmures de stupeur parcoururent l'assistance, tandis que les visages s'emplissaient d'étonnement et d'émotion devant tant de mystères percés à jour. La symbiose entre le passé et le présent atteignit son apogée. Le discours de Gabriel résonnait comme un écho des luttes passées, vibrant dans l'atmosphère électrisée de la salle de réception. Chaque invité semblait porter sur ses épaules le poids des révélations, conscient de participer à un moment historique dont les échos résonneraient à travers les âges.

En fin de compte, la lumière triompha des ténèbres, illuminant les recoins autrefois obscurs de l'histoire de l'Opéra de Paris. Gabriel conclut son discours en exhortant l'assemblée à préserv-

er la mémoire des événements qui venaient d'être
exposés à transmettre le flambeau de la vigilance
et de la vérité à travers les générations futures. Un
tonnerre d'applaudissements salua ses derniers
mots, témoignant de la reconnaissance de chacun pour cette quête introspective qui avait tran-
scendé le temps et l'espace.

Le souffle de l'histoire exhale ses notes dans
l'enceinte majestueuse de l'Opéra, comme si les
vieilles pierres elles-mêmes vibraient au rythme
d'une symphonie longtemps enfouie. La cérémonie de réhabilitation a gravé dans la mémoire
collective le triomphe de la vérité sur l'obscurité
et la mise en lumière des mystères du passé.
Sous les lustres étincelants, Gabriel Moreau se
tient aux côtés de Camille Fournier, unis par cette
aventure qui les a entraînés dans une quête aux
confins du temps. Leurs regards croisent ceux
des invités, mélange harmonieux de passionnés
d'histoire et de curieux épris de nouveauté.

Les discours résonnent tels des accords puissants, dévoilant les luttes secrètes et les sacrifices
enfouis depuis tant d'années. L'écho des mots
traverse l'espace, révélant la grandeur des âmes
qui ont osé affronter l'adversité pour défendre

des idéaux universels. À travers les méandres de la narration, le public présent est transporté dans un tourbillon d'émotions, oscillant entre admiration et stupéfaction devant la force des protagonistes anciens et actuels.

Puis vient le moment tant attendu, celui où le voile se lève sur le tunnel autrefois dissimulé. Tel un arc-en-ciel après l'orage, il se déploie sous les yeux ébahis de l'assistance, dévoilant non seulement des pierres millénaires, mais également les témoignages de vies marquées par une quête intense de liberté. Chaque objet exposé semble murmurer son histoire, plongeant le visiteur dans un voyage hors du temps, enraciné dans la réalité du passé. Gabriel et Camille se perdent dans ce musée à la mémoire ressuscitée, captivés par les traces de leurs prédécesseurs. Dans chaque relique, ils distinguent un écho lointain de leur propre lutte pour la révélation de la vérité.

Les parcelles éparses du puzzle se rejoignent pour créer un tableau saisissant, révélant l'héritage précieux transmis de génération en génération. Au fil de la découverte, une symphonie s'élève, mêlant les voix du passé et du présent, composant ainsi une ode à la persévérance et à la justice.

C'est alors, dans ce cadre empreint de savoir et de renouveau, que la dernière page du journal d'Aurélien est solennellement dévoilée. Ses mots ancestraux résonnent dans l'espace, évoquant une émotion palpable et pure. Des regards s'échangent, chargés du poids de l'héritage et de la fierté de savoir que l'histoire ne sera plus jamais figée dans l'ombre. Enfin, le dernier accord résonne, portant cette vérité éclatante, scellant à jamais la mémoire de ceux qui ont façonné l'avenir dans les replis discrets du passé.

Les dorures de l'Opéra reluisaient de nouveau sous les rayons du soleil, comme pour célébrer une renaissance tant attendue. La cérémonie de réhabilitation avait constitué un moment solennel, empreint d'une émotion palpable. Les invités, parés de leurs plus beaux atours, arpentaient désormais les couloirs restaurés de ce haut lieu culturel, imprégnés de l'histoire longue et tourmentée qui les avaient vus naître. Sous la voûte majestueuse, les conversations murmuraient comme des hymnes entonnant le passé glorieux de cet édifice emblématique. Chaque pas, chaque regard se voyait investi d'une charge symbolique, telle une offrande rendue à ces pierres qui avaient traversé les âges. Le souffle des siècles s'engouffrait dans les espaces réinvestis, insufflant un air nouveau, teinté des accords anciens qui avaient façonné les destins.

L'inauguration du musée, héritier du tunnel caché, s'apparentait à un rite initiatique. Les visiteurs déambulaient avec une curiosité avide, contemplant les artefacts patiemment restaurés, témoins muets d'une époque lointaine. Les ombres des figures illustres semblaient danser au son des pas, offrant au présent les relents d'un passé riche en intrigues et mystères. Chaque vitrine, chaque tableau murmurait sa propre histoire, captivant l'esprit des audacieux explorateurs du temps présent. Gabriel et Camille, main dans la main, évoluaient parmi les foules effervescentes, porteurs d'une intimité renouvelée. Leurs regards se croisaient, emplis de significations indicibles, comme si le fil des événements passés avait tissé entre eux des liens indissolubles.

À travers les salles magnifiées par la lumière tamisée, ils percevaient en écho les épreuves surmontées et les vérités exhumées, ressentant combien la quête les avait métamorphosés. La dernière page du journal d'Aurélien, portée par une brise légère, semblait flotter dans l'air comme une ultime offrande, promesse d'un héritage perpétué dans le temps. Cette lecture silencieuse résonnait tel un chant de conclusion, celui d'une aventure qui, bien qu'achevée, demeurait vivante dans les mémoires. Et tandis que retentissaient les dernières notes de la musique millénaire, l'harmonie retrouvée enveloppait l'Opéra d'une aura de grandeur retrouvée, honneur rendu à ceux qui s'étaient dédiés corps et âme à éclairer les chemins troubles de l'histoire.

Gabriel et Camille demeuraient debout, au cœur de l'Opéra, témoins silencieux d'une renaissance dont ils étaient les acteurs privilégiés. Le musée nouvellement érigé était bien plus qu'une simple collection d'objets anciens ; il constituait le reflet même de leur incroyable odyssée à travers les méandres du temps. Chaque pierre, chaque partition musicale, chaque relique exhalaient les souvenirs tissés dans l'obscurité des siècles. Sous la voûte majestueuse, les voix des ancêtres semblaient murmurer, infusant l'atmosphère de mystère et d'émerveillement. Gabriel, les yeux emplis d'émotion, sentit une main se glisser doucement dans la sienne, et lorsqu'il croisa le regard de Camille, il y lut toute la profondeur de leur lien indéfectible. C'était au détour d'une énigme ancestrale que leurs destins s'étaient croisés, fusionnant en une symphonie parfaite. Les épreuves endurées avaient tissé entre eux des liens solides, inscrits dans les volutes du temps.

Tandis que la foule s'amusait autour d'eux, leur connexion transcendait les dimensions, capable de défier le temps qui passe. La compagnie silencieuse des ancêtres semblait approuver, comme si les échos de leur histoire épousaient harmonieusement le présent. Au-delà des vicissitudes temporelles, Gabriel et Camille étaient désormais les gardiens d'un héritage immortel, unis par une quête qui les avait menés là où nul autre n'avait osé s'aventurer. Leurs âmes vibraient à l'unisson, rejouant les mélodies lointaines qui scellaient leur destin commun.

Alors, dans le silence feutré de ce nouvel écrin du passé, ils fermèrent les yeux, laissant les émotions traverser leur être. L'amour, la camaraderie, mais surtout, cette insondable connexion qui transcende les limites du réel, imprégnaient chacun de leurs souffles, perpétuant le prodige de leur rencontre. Oui, l'histoire avait sculpté en eux des âmes-sœurs, éclairant d'une lumière éternelle l'horizon de leur avenir commun. Et tandis que les visiteurs parcouraient les allées du musée, captivés par la magie de l'Opéra ressuscité, Gabriel et Camille restaient là, les yeux perdus dans l'infini, conscients que, désormais, leur propre histoire serait à tout jamais entrelacée à celle des pionniers qui avaient pavé leur chemin. Dans ce temple du savoir figé dans le marbre des siècles, l'empreinte indélébile de leur lien intemporel perdurerait, défiant les tourments du temps, pour éblouir les générations futures, soufflant les mystères d'une aventure qui avait rapproché deux êtres voués à écrire ensemble les dernières lignes d'un chapitre exceptionnel.

Les sons mélodiques s'élevaient au-dessus des voûtes de l'Opéra, enveloppant les spectateurs dans une atmosphère envoûtante. Tandis que la douce musique résonnait, Gabriel et Camille se retrouvaient plongés dans leurs souvenirs, perdus dans les méandres du temps. Les notes cristallines semblaient porter en elles les échos du passé, comme si chaque touche du piano ou chaque vibration des cordes racontait une histoire ancestrale. Les visages des membres du cercle clandestin du XIXe siècle se formaient dans l'esprit de Gabriel, et il pouvait presque sentir leur présence parmi l'auditoire.

Camille, quant à elle, ressentait le poids de l'héritage musical d'Aurélien, l'ancêtre de Gabriel. Elle se remémorait les efforts déployés pour décoder les partitions, pour percer les mystères enfouis dans les harmonies et les silences. Chaque mesure était un lien fragile tissé entre le présent et le passé, offrant une résonance profonde à ces événements jadis occultés.

Tout en se laissant bercer par la musique enchanteresse, Gabriel revoyait les instants où il avait découvert les premières pièces du puzzle, où son exploration des dessous de l'Opéra l'avait entraîné dans une quête hallucinante. La chambre secrète, les journaux intimes, les jeux de lumière sur des symboles gravés : tout cela prenait une nouvelle épaisseur, un sens renouvelé à la lumière des révélations récentes.

Mais au-delà des souvenirs personnels, c'étaient les échos d'une époque troublée qui se faisaient entendre. Les complots ourdis par le Comte de Beaumont et ses alliés semblaient résonner par-delà les décennies, rappelant que l'histoire, loin d'être figée, continuait de projeter son ombre inquiétante sur le présent. Alors que la dernière note de la symphonie d'Aurélien tintait dans l'air, les visages de tous ceux qui avaient œuvré pour la vérité semblaient flotter dans la salle. Les applaudissements emplirent l'espace, mais pour Gabriel et Camille, c'était comme si un silence solennel enveloppait cet aboutissement. Dans ce moment suspendu, les échos de l'histoire semblaient murmurer que les leçons du passé demeuraient immuables, prêtes à éclairer le chemin vers un avenir plus éclairé.

Les pages jaunies du journal d'Aurélien semblaient renfermer les échos intemporels d'une époque révolue. Gabriel contemplait ces lignes frêles comme si elles portaient en elles les mystères de l'histoire. Les dernières écritures se perdaient dans un tourbillon de sentiments, mélange subtil de peine et d'espoir. Chaque mot était empreint de la grandeur des luttes passées, de la tragédie des destins entrelacés.

Lorsqu'il entreprit la lecture de l'ultime page, une paix étrange imprégna l'atmosphère, comme si le temps s'était suspendu pour permettre à cette histoire de trouver enfin son harmonie. Les caractères délicats semblaient vibrer encore des émotions qui les avaient animés jadis. Aurélien y exprimait ses espoirs, ses doutes, mais surtout sa foi inébranlable en la justice et en la vérité. Chaque mot semblait enveloppé d'une aura de résilience et de noblesse, témoignant de la force intérieure de cet ancêtre aux cicatrices invisibles. Par-delà les siècles, ce précieux héritage résonnait avec une urgence poignante, comme un message élégiaque venu perpétuer son écho à travers le temps.

Le dernier éclat de la musique d'Aurélien résonnait encore dans l'Opéra, emplissant l'espace majestueux de son émotion poignante. Les dernières notes semblaient flotter dans l'air, vibrantes et chargées d'histoires immémoriales. Gabriel et Camille se tenaient côte à côte, submergés par la puissance de ce moment, par la connexion profonde qui les liait maintenant à ces destins entrelacés. Alors que le public présent saluait l'œuvre d'Aurélien, un silence solennel descendit dans la salle, comme si chaque personne retenait son souffle en hommage à la vérité enfin révélée.

Les visages reflétaient un mélange d'étonnement et de reconnaissance, car les secrets du passé étaient aujourd'hui dévoilés, apportant lumière et rédemption. Des larmes coulaient parmi l'auditoire, témoignant de l'impact profond de cette conclusion magistrale. Sur la scène, Gabriel prit la main de Camille dans un geste de gratitude silencieuse. Leurs regards se croisèrent, porteurs d'une compréhension partagée, d'une harmonie retrouvée au cœur de l'adversité. Ils savaient que leur voyage ensemble avait été bien plus qu'une simple enquête ; c'était une exploration intime des liens familiaux, de l'héritage et de la résilience face à l'injustice.

En sortant de l'Opéra, la foule se dispersa lentement, s'imprégnant des résonances encore palpables de cette journée inoubliable. Gabriel sentit son âme emplie d'une paix profonde, tandis que Camille serrait précieusement contre elle le journal d'Aurélien, contenant les mots d'un passé restauré. Ils savaient que cette aventure ne les quitterait jamais, mais désormais, elle serait enveloppée d'une sérénité renouvelée, d'une intégrité ressuscitée.

Les derniers rayons du soleil caressaient les façades de l'Opéra, baignant l'édifice d'une aura dorée, symbole d'un nouveau chapitre qui s'ouvrait pour cet emblème de l'art et de la culture. L'histoire longtemps enfouie sous ses fondations était à présent célébrée, honorée dans toute sa splendeur. Un sourire doux naquit sur les lèvres de Gabriel, incarnant une reconnaissance muette envers les héros du passé, ces êtres courageux au destin effacé.

Et ainsi s'achevait leur odyssée, non pas dans un tumulte grandiose, mais dans la pérennité d'une musique transcendant le temps, dans la grandeur silencieuse de vérités enfin révélées. Le tunnel, où tant de secrets avaient trouvé refuge, demeurerait désormais ouvert, témoin permanent de ces destins croisés. Gabriel pressa la main de Camille, signifiant par ce geste toute la gratitude et l'émerveillement partagé pour cette aventure hors du commun. Une page se tournait, emportant avec elle les échos d'une histoire écrite dans les recoins de l'Opéra, mais gracieusement dévoilée au monde.

Le crépuscule enveloppe lentement les récifs ciselés de l'Opéra, alors que la foule emplit chaque recoin du grand vestibule. Les invités, vêtus de leurs plus belles parures, reflètent dans leurs regards la promesse d'une renaissance. Sous la voûte majestueuse, les murmures envoûtants d'anciens murs semblent s'éveiller, reconnaissant enfin leur destin retrouvé. Des fumées d'encens se mêlent aux lueurs des chandelles, éclairant les dorures patinées par le temps. L'Opéra se pare pour sa résurrection.

Au centre de cette élégante effervescence, Gabriel et Camille avancent d'un pas assuré, unis par les épreuves qui auront scellé leur destin. Leurs regards complices se croisent avec une intensité empreinte de gratitude pour ce précieux héritage révélé. Les murmures de la musique du passé glissent en échos imperceptibles à leurs côtés. Ils sont les gardiens éclairés d'une mémoire ranimée, les acteurs silencieux d'une histoire exhumée.

Soudain, le silence se mue en une symphonie de reconnaissances. Un discours solennel jaillit des lèvres émues d'un conteur inspiré, mettant en lumière les lignes de force qui ont guidé cette quête pour l'authenticité perdue. Les applaudissements alors éclatent comme autant d'hommages, caressant l'espace d'une reconnaissance bienveillante.

Guidés par un instinct infaillible, Gabriel et Camille racontent leurs aventures, dévoilant la trame tissée entre leurs cœurs intrépides. Leurs voix s'harmonisent, chacune devenant le reflet fidèle des émotions qui ont animé leur quête. L'amphithéâtre enchanteur absorbe leurs confidences, comme une offrande à l'histoire, faisant écho aux murmures ancestraux de l'Opéra. Puis, dans un geste authentique, la dernière page du journal d'Aurélien est tendrement dévoilée. Les mots s'envolent, vibrants d'une tendre mélancolie, porteurs de vérités longtemps enfouies. Le public retient son souffle, captivé par le testament spirituel d'un homme autrefois oublié, aujourd'hui révélé. Chaque syllabe résonne, marquant la fin d'une épopée, mais donnant naissance à une série infinie d'échos intemporels.

La note finale, celle d'Aurélien, se déploie dans une apothéose musicale, remplissant l'espace de son lyrisme éternel. Elle relie les âmes présentes à l'héritage impérissable, tissant un pont entre le passé et le présent, offrant à l'Opéra une rédemption tant attendue. Dans cet instant suspendu, anciens et nouveaux protagonistes se confondent, célébrant le ballet éternel du temps retrouvé. Et ainsi s'achève notre odyssée, mais dans la mémoire des siècles, elle restera à jamais gravée.